광장에서 별을 보다

광장에서 별을 보다

어느 은퇴자의 소소한 이야기

최성철 산문집

머리말

    2018년 여름은 기상관측사상 최고의 폭염을 기록했다. 걸핏하면 새로운 기록들이 기존 기록을 갈아치우는 요즈음, 놀랄 일도 아니다. 올림픽에서도, 월드컵에서도 여러 기록들이 새로 쏟아졌다. 범죄기록도 하루가 다르게 섬찟섬찟한 것들이 옛것을 갈아치우고 있다. 모든 것들이 혼돈의 정점을 넘어서 더욱 어지러운 고지를 향하여 달려가고 있다. 앞으로 더욱 새롭고 놀라운 어떤 기록들이 우리들을 엄습할 것은 분명하다. 그렇다고 두렵지는 않다. 항상 그랬던 것처럼 우리는 길을 걸어가서 사람들을 만나고, 얘기를 하고, 함께 밥을 먹고, 술을 나눠 마시고, 아이들은 손풍기를 들고 다니고, 겨울이 오면 일제히 외투를 꺼내 입고, 목도리를 두를 것이다.

    여름과 겨울은 가깝고도 멀다. 서로가 서로를 손짓하다가 또 금세 서로를 배신해 버린다. 만나보기도 전에 말이다. 그래서 그들은 결코 만나는 적이 없다. 손짓을 하는 것을 보면 가까운

데, 만나는 적이 없는 걸 보면 멀다. 그들은 그렇고, 나는 항상 그들 사이에 끼어 있다.

개나 사람이나 모두 혀를 길게 빼물고 살았던 지난여름, 나는 여름에 눌려 한마디 구시렁거리지도 못하고 살았다. 그런 사이, 여름은 겨울에게 또 손짓을 했는데, 도대체 둘 사이는 무엇이란 말인가? 잠시 그런 생각에 빠져있는데, 사람들이 또 신기록을 쏟아냈다. 여름에 눌리고, 나는 지금 겨울로 가는 틈바구니에 눌려 있는데, 사람들의 신기록까지 나를 누르고 있다.

지난겨울은 많이 아쉬웠다. 생각나는 것도 별로 없이 허전했다. 그래서 두리번거리며 지난겨울의 흔적을 찾다가 오늘 또 으슥한 밤에 이르렀다. 매일 그랬다. 그런데 오늘 내가 도착한 밤은 어둠의 탄력이 많이 풀어져 회색빛으로 흐르고 있다. 이런 날에는 견우도 직녀도, 연오랑도 세오녀도 나타나기 어렵다. 보일 듯 말 듯 희미한 별들의 모습이 애처롭다. 이번 겨울이 두렵다. 얼마나 무서운 혹한의 신기록이 또 나타날지. 겨울도 두려울 것이다. 그래도 지금은 행복하다. 별들을 볼 수 있어서 나는 행복하다.

이번 겨울에는 별들이 윙윙 울었으면 좋겠다. 그 울림이 여기까지 내려와 우리 삶의 기쁘고 슬픈 파문을 모두 안고, 다시 저 하늘 끝으로 번져갔으면 좋겠다. 그 울림은 가장 멀리에 있는, 가장 깨끗하고 눈부신 어느 시냇물로 흐르다가 다시 우리들에게 돌아왔으면 좋겠다. 그것이 신기록보다 더 놀라운 일이 되지 않겠는가.

2018년 11월
최성철

차례

Ⅲ 우리 모두 스텝 바이 스텝으로

I

제멋에 겨워야 아름답다

순백의 무지

얼마 전에 텔레비전의 한 프로그램에서 전라남도 완도 앞바다의 어느 작은 섬에 살고 있는 토박이 할머니의 인터뷰를 본적이 있다. 피부가 쪼글쪼글하고 새까만 그 할머니는 90이 다된 나이였는데, 활기차 보이는데다가 목소리도 맑고 카랑카랑하여 70 후반 정도의 아주 건강해 보이는 섬 할머니였다.

할아버지는 이미 오래 전에 작고했고, 나이가 많아서 물질도 못하고, 조각 뙈기 밭농사를 지으며 여생을 살아가는 그 분을 보며, 나는 한동안 화면에서 눈을 떼지 못했다. 우연히 채널을 돌리다가 만난 프로그램이었는데, 억지로 꾸민 설정도 없는데다가, 멀리 수평선 위로 떨어지는 석양의 아름다움, 섬마을의 고즈넉한 풍경 등이 시원스럽게 눈에 들어왔던 것이다.

할머니는 툇마루에 앉아서 어느 출연자와 이런 저런 얘기를 나누다가 부엌 솥뚜껑 위에 할머니에게 드릴 메모를 해두었다는 출연자의 얘기가 나오자 할머니는, "나는 글을 못 읽어, 쓸

줄도 모르고" 하며 쑥스러운 듯 입을 가리고 웃었다.

그곳 섬에서 태어나 한평생을 그곳에 살면서 젊었을 때는 물질을 하며 소라, 전복을 캐고, 늙어서는 밭농사를 지으며 사는 할머니. 낳은 자식들은 모두 육지로 다 보내고, 혼자서 살아가는 할머니. 글은 쓸 줄도, 읽을 줄도 모르는 할머니. 그렇지만 아무 불편 없이 잘 살아가는 할머니……

나는 그 할머니의 얼굴에서 무지를 읽기 전에 순수를 읽었다. 음지보다는 양지를, 까망보다는 하양을, 구름보다는 햇빛을, 겨울보다는 여름을 보았고, 타월보다는 손수건을, 스카프보다는 보자기를, 재봉틀보다는 손바느질을 보았다. 한순간, 신부의 머리 위에 올려진 순백의 티아라를 보았다.

사람은 배워야 한다. 남에게 보여 주려고가 아니라, 잘난 척하려고가 아니라, 적어도 배워야 이 치열한 사회를 살아갈 수 있기 때문이다. 그 배움 속에는 가장 기초적으로 글 익히기가 있다. 글을 모르면 살 수 없는 사회이기 때문이다. 그러나 글을 몰라도 잘 살아가는 사람들이 있다. 살아가는데 있어서 글이 반드시 필요한 것은 아니다. 글 대신 말로 하면 된다.

말이 더욱 필요한 것이기 때문에, 말이 먼저 생기고 글이 생기지 않았겠는가. 다만, 글을 모르면 답답한 것이 좀 있을 뿐이다. 그것만 자기 스스로 견딜 만하면 큰 문제는 없다. 아무튼 글을 모른다고 하여도 사는 데에는 문제가 없다.

작금의 사회는 너무나 많은 것을 배우게 만든다. 그러다보니, 별 쓸 데 없는 것까지도 배우게 되는 것이 현실이다. 또 부모로부터 그런 것들을 지나치게 강요받게 되는 것도 문제이다. 물론(글은 배워야겠지만), 필요한 것이라 하더라도 너무 많이 배우는 통에 이 사회는 머리만 커다란 사람들로 넘쳐난다. 예전에는 기업체 입사시험 때, 응시자격이 4년제 대학졸업(예정)자, 또는 그와 동등한 학력인 자, 정도로 되었는데, 요즈음은(물론, 이력서에 그런 표기를 안 하도록 되어 있겠지만) 대학졸업자들이 차고도 넘쳐서, 아마 예전 방식으로라면 석사이상, 또는 그와 동등한 학력자 정도가 될 것이다.

대학을 졸업해도 취업이 되지 않아서인지, 아니면 공부를 더 하고 싶어서인지 요즈음은 웬만한 대기업체 신입사원들은 국내에서 대학공부를 하고, 외국에서 추가로 대학을 마친 인력들이 많다고 한다. 필요에 의한 것이겠지만, 아무튼 너무나 많이들 배우고 있는 세상이다.

고급 학벌이 넘치고, 고급 인력이 넘쳐나는 사회이다. 거기에는 바람직하지 않은 경쟁의식이 잔뜩 깔려 있으며, 분명 거품도 잔뜩 끼어 있을 터, 학력의 소프트 랜딩이 필요한 시기는 아닌지…… 불필요한 경쟁에 드는 비용은 가계를 더욱 어렵게 하고, 과다한 학벌들 간의 충돌은 서로 간에 지나친 경쟁뿐만이 아니라, 시기와 질투를 불러일으키고, 이질감을 조장하고, 인간관계를 딱딱하게 만들기도 한다. 그리고 과연 배운 만큼 이 사회에서 말과 행동들을 하고 있는지도 의문이다.

벌써 수십 년 전의 일이다. 계룡산에 있는 갑사에 간 일이 있었다. 그때만 하더라도 계룡산이라 하면 산골이 깊고 산세가 험하여 그 지역에서는 꽤나 험한 산으로 알려져 있었다. 그러다 보니, 산중 곳곳마다 토속신앙 제당들도 많았고, 그런 것들을 알리는 표지물도 많이 볼 수 있었다. 인적이 드문 산길을 걷다 보면 바람소리조차 으스스한데, 별안간 눈앞을 가로막는 커다란 고목과 그 가지마다 걸려있는 울긋불긋한 천 조각들을 보면 가슴이 철렁 내려앉았다. 지나가는 바람에 펄럭이는 그 천 조각들은 마치 귀신의 옷자락같이 느껴지기도 했다.

갑사는 계룡산에서 뿐만 아니라, 충청도 지역에서도 꽤나 오래된 고찰이었는데, 나는 그때 그 절 근처에서 낡은 초가지붕을 인 아주 오래된 민가 하나를 보았고, 그 집과 같이 일평생을 살아오고 있는 어느 할머니 한 분을 만나게 되었다. 무엇 때문에 그 집에 가게 되었는지 기억은 없지만, 아무튼 그 할머니 역시 거의 80이 넘어선 나이였을 것이다. 그 당시에 그 정도 나이면 초장수임에 틀림이 없었던 것이고.

그런데 그 할머니와의 대화 내용 중에 흥미로웠던 것은, 현재의 대통령이 윤보선이 아니냐는 것이었다. 박정희 대통령이 5 대째 하고 있는 상황이었는데, 할머니의 대통령은 여전히 윤보선이었고, 그것도 자신만만하게, 이 산구석이지만, 적어도 나는 그 정도는 알고 있다고 당당하게 얘기하시는 것이었다.

문명의 혜택, 문명의 소외, 그런 것을 얘기하고자 함은 아니다. 단지, 그 할머니 역시 문자나 글은 전혀 모르는 의사소통만 하는 분이었다는 점, 수십 년이 지난 후, 지금 완도 앞바다 작은 섬에 살고 있는 할머니와 별 차이가 없다는 점, 그리고 더욱 중요한 것은 그런 분들의 얼굴에서는 순수와 순백의 모습을 발견할 수 있다는 점이었다.

물론, 많이 배우고 유식한 사람들에게서는 그런 순수와 순백이 없다는 말이 결코 아니다. 상대적으로 말하자면 이쪽이 훨씬 순수하고 순백하다는 뜻이다. 무지와 순수, 그 아름다울 수밖에 없는 조합, 굳이 말을 만들어보자면 그렇게 해볼 수 있지 않을까. 주변의 너무 과한 학력과 학벌들이, 또 서로 간에 그것을 부추기고 조장하는 우리 사회의 현실이 우리들을 너무 힘들게 만들고 있지는 않은지, 자꾸만 돌아보게 된다.

내려오는 삶

오늘밤에는 글이 잘 써지지 않는다. 무엇인가에 눌려 있는 듯한 마음을 추스르려고 고개를 창밖으로 내밀어본다. 암흑이 겹겹의 커튼처럼 드리워져 있다. 거리감의 상실이 나를 허공으로 떠워놓는다. 아래를 내려다보니, 집집마다 불 꺼진 창틀과 철장 같은 새시들이 마른 뼈들처럼 늘어서 있다. 깜깜하고 비좁은 계곡을 내려다보는 것 같다. 머리가 분리되어서 허공에 매달려 있다는 느낌도 든다.

아파트 맨 꼭대기에 살면 전망은 좋다. 멀리 강도 보이고, 산도 보이고, 멋들어지게 서로 엇갈리며 뻗어나간 도로가 그림처럼 눈에 들어오고, 그 위를 성냥갑 같은 차들이 질서정연하게 움직이는 모습을 볼 수 있다. 이런 광경을 한동안 보고 있노라면 마음이 푸근해지고 여유로워진다. 그러나 지금은 그런 모습이 전혀 보이지 않는다. 살쾡이처럼 노란 불을 두 눈에 켜든 차들이 제 몸체는 감춘 채 달리고 있을 뿐이다. 어둠이 짙을수록 자동차 헤드라이트는 칼처럼 날을 세운다.

좋은 전망을 가진 것처럼 그만큼 치러야 하는 곤혹도 있다. 정전이 되어 엘리베이터가 멈추고 마는 경우이다. 그렇게 되면 걸어서 내려가는 것은 견딜 만한데, 올라가려면 참으로 난감해진다. 요즈음 우리 아파트는 두어 달에 한 번은 이런 일이 생긴다. 엘리베이터 정기점검이라고도 하고, 아파트 전기점검이라고도 하여 인위적 정전을 시키는 것인데, 아마 아파트가 낡아서 더욱 그럴 것이다.

사람들은 높은 곳에 오르고 싶어 하고, 그곳에서 머물기를 좋아한다. 산이건 건물이건, 높은 곳에 올라가면 사방이 탁 트여 전망이 좋고, 가슴이 시원하게 뚫린다. 모든 것들이 내 시야에 들어온다. 기분이 좋다. 기분이 좋다는 것은 모든 것이 내 발 아래 있다는 것을 뜻하기도 한다. 그래서 호텔이건 아파트건 맨 꼭대기 층에 있는 펜트하우스는 비싸고, 사람들이 좋아하는 곳이다.

그렇지만 평생을 꼭대기에서 살 수는 없다. 누구든 올라갔다면 언젠가는 반드시 내려와야 한다. 생명이 있는 것은 모두 땅으로 내려와야 한다. 거기에서 모든 것을 마감하는 것이 자연의 섭리다. 아니 생명이 없는 것도 마찬가지이다. 하늘을 찌르고 올라가버린 고층건물도, 으스대며 서 있는 강 위의 다리도 언젠가는 다 내려와야 하는 것이다. 언젠가는 그만 바닥에 주저앉아야 한다는 사실이다. 단지, 시간이 문제일 터, 하물며 인간이야……

땅에 뿌리를 박고 사는 나무를 생각해 본다. 나무는 삶에 대해 무슨 생각이 있는지, 나는 그것을 부정도, 긍정도 할 수는 없다. 비바람에 떠다니고 구르다보니 어찌하다가 그곳에 뿌리를 내리게 되었거나, 아니면 어느 인간의 손에 의해 그곳에 심어진 것이지, 자기만의 어떠한 생각과 삶의 기준이 있을 것인가 마는…… 그러나 땅에 몸을 박고 서서 어느 정도 올라가면 멈출 줄 아는 삶, 그들은 내려다 볼 줄 안다. 땅을 볼 줄 안다. 그것이 곧 철학이 아니고 무엇이겠는가. 오늘 나는 집으로 돌아오면서 구두바닥에 붙은 오물덩이를 떼어내려고 어느 플라타너스 나무 밑동을 여러 번 차버리고 말았다. 오늘밤은 더 이상 글을 쓸 수가 없다.

제멋에 겨워야 아름답다

사람은 흙이다. 이 말은 새삼스러운 얘기가 아니다. 이제 어린아이들까지도 알고 있을 만큼 당연하고 자연스럽고, 엄연하고 지당한 말씀이다. 그래서 사람은 누구나 한줌의 흙으로 돌아간다. 어찌 사람만이 흙이겠는가. 이 세상의 만물은 모두 흙이지 않겠는가. 종국에는 다 부스러기나 흙이 되는 법이요, 그저 가루가 되고 마는 것이다. 더 곱게 부서지면 바람에 날리는 미세먼지일 뿐이다.

이 얼마나 우리를 허무하게 만드는 말인가. 화장장에서 자기 병에 담겨 나오는 저 가루는 방금 전까지 땅위를 서서 활보하던 바로 우리 옆 사람이 아니었던가. 굳이 저렇게 화장하지 않아도 언젠가는 한줌 흙이 될 것이라는 그 엄숙한 사실 앞에 우리는 한없이 우울해지다가 결국 겸손해지지 않을 수가 없다. 이 세상에서 가장 단단하다는 쇠붙이도 결국에는 녹이 되고 가루가 되고, 흙이 되고 먼지가 되고 말 것임은 자명한 일이다.

흙은 자연이다. 자연의 많은 형태 중에서 가장 본질적인 자연의 모습이다. 모든 사물들의 희로애락을 조용히 잠재우고, 오로지 묵묵히 있게끔 하는 흙은 이 우주의 가장 기초적이고 당연하고 마땅한 모습을 우리에게 보여주기에 충분하고도 남음이 있다. 우리는 흙 앞에서 한없이 겸손해져야 한다. 그런데 흙이 되기 바로 전까지 모든 생물은 그렇게 인식하기를 거부하고, 무시하며 살아간다.

하기야 그래야 되는 것이다. 그래야 흙으로 돌아갈 때에 그 짧은 시간에라도 내 영혼은 쇳덩이 같은 미련과 후회로 가슴을 치고, 하늘과 땅을 한번 쳐보는 것이다. 그것도 복이 있는 사람의 경우일 것이다. 그래서 철학이 있고, 음악과 미술과 문학이 있고, 예술이 있는 것일까. 그렇지만 그 속에서도 뚜렷한 답은 없다. 답이 없기에 인간은 계속 번민하고 방황하게 된다. 그래서 인간의 역사에는 종말이 없다. 바꾸어 말하면, 인간의 맹목적인 자신감과 기본적인 교만함이 자기들의 종말을 없애버렸다. 말세적 증세와 현상은 나날이 극에 달해도 기어코 종말은 없을 것이다. 이것을 슬퍼해야 하는지, 기뻐해야 하는지 알 수는 없는 일이다.

만물이 계속 흙으로 돌아가도 종말이 오지 않는 세상, 이런 세상 속에서는 각자 형체대로 살아있을 때, 그 모습 그대로 살아가는 것이 가장 의미 있는 일이 될 것이다. 너무나 뻔하고 식상한 얘기지만, 아무리 생각해 보아도 그렇게 밖에는 달리 말할 수가 없다. 다시 말해서 그것은 자연스럽게 사는 것이다. 그렇다면 자연스럽게 산다는 것이란 무엇일까.

만물은 만 개의 형상을 가지고 살아간다. 그 이상이면 그 이상의 형상이 될 것이다. 사람은 지문이 다 다르다고 한다. 똑같이 생긴 동물도 식물도, 분명 우리가 모르는 뭔가가 하나씩은 다를 것이다. 그것들이 그 형상대로, 그 상황 속에서, 거기에 맞게 살아가는 것이 자연스럽게 살아가는 것이라고 나는 말하고 싶다. 그것이 아름다운 것이다. 자기 본바탕에 충실하면서 그때 그때의 제멋에 겨워야 아름다운 것이다.

수양버들은 가느다란 가지를 제 마음껏 늘어뜨리고 오가는 바람에 흔들거려야 아름답다. 장미꽃은 한여름에 활짝 피어서 그 가시가 소름처럼 날카롭게 서 있어야 아름답다. 참외는 뜨거운 햇살 아래에서 단내를 피우며 익어가야 아름다운 것이며, 오이는 볼품없이 비쩍 마르고 기다랗게 휘어지고 우툴두툴해야, 수세미는 오이만큼이나 마르고 못 생기고 주름이 자글자글해야 제멋에 겨워 아름답다. 농부는 한여름 대낮에 뙤약볕 밑에서 땀을 흠뻑 흘리며 일을 하는 모습이 아름다운 것이고, 역도선수는 울퉁불퉁한 팔, 어깨 근육과 터질 듯한 허벅지 근육이 있어야 아름답다.

좌우 균형이 잘 잡히고, 말끔하다고 아름다운 것은 아니다. 보기 좋게 고친 것이 아름다운 것이 아니다. 이 세상에 볼품없어도 아름다운 것들이 얼마나 많은가. 자연스러운 것, 그 자연스러움에 맞는 자기의 개성이 마음껏 드러난 것, 그것이 바로 아름다움이다. 만물은 찌그러져 있든 구겨져 있든 자연 그대로 있을 때, 다 자기만의 아름다움을 드러내는 법이다. 우리 모두의 아름다움도 마찬가지이다.

2015년인가 개봉했던 영화 〈인턴〉을 보면서 많은 사람들은 각자 자기 생각에서 은은한 자기 힐링을 경험했을 것이다. 남자 주인공 로버트 드 니로는 70세가 훌쩍 넘은 당시 실제의 나이로 등장하면서 노년의 시대에 들어서는 남자들에게 기쁨과 용기와 작은 희망을 선사하였다.

비단 그 나이의 남자들에게만이 아니라, 젊은 사람들에게도 그러한 공감의 마음을 불러일으켰다. 그것은 은퇴한 어느 노년의 남자가 다시 회사생활을 시작하는 즐거움의 모습 때문만은 아니다. 흰 머리칼, 주름살이 가득한 얼굴, 짝짜기 눈에 초점이 다소 흐려진 눈동자, 어눌한 말과 몸짓, 커진 양복…… 그 나이에 있는 그대로의 모습에 많은 사람들은 공감했을 것이고, 그것이 바로 아름다움이라는 것에 역시 고개를 끄덕였을 것이다.

여주인공 앤 해서웨이도 마찬가지이다. 그녀는 하얗고 고운 피부에 커다란 눈망울을 가진 회사의 젊은 CEO이다. 이 여성은 그 나이에 맞게 곱고 매력적이었다. 그런 것이 바로 아름다움이다. 이 아름다움은 젊은 여성만이 공감한 것이 아니라, 노년의 남자들에게도 마찬가지였다. 물론, 이 영화가 전하려는 메시지는 다른 곳에 있겠지만, 나는 그것을 차치하고 두 사람의 아름다운 점을 보고 싶다. 그것은 각자 자기 나이와 자기 위치에, 제멋에 겹게 있었다는 점이다. 젊은 사람은 젊게 있어야 하며, 늙은 사람은 늙게 있어야 하는 것이 맞는 것이다. 젊은 사람이 늙은 짓을 하는 것도, 늙은 사람이 젊은 짓을 하는 것도 다 불미스러운 일이다.

언제까지나 자연 그대로의 모습은 아름답다. 인간은 자연물이다. 그래서 인간은 흙이고, 먼지인데, 그렇게 될 때까지 그때그때에 맞는 모습으로 있으며 생각하며, 또 울고 웃으며 살아가는 것이 좋지 않을까. 그것이 자연스러워 아름답다.

우리들의 광장

하늘과 바람과 별의 시인, 윤동주는 그의 서시(序詩)에서 잎새에 이는 바람에도 나는 괴로워하고, 별을 노래하는 마음으로 모든 죽어가는 것을 사랑하겠다고 했다. 그리고는 나한테 주어진 길을 걸어가겠다고 했다. 그리고 이 시인은 하늘의 별처럼 바람처럼 조용히, 자기의 길을 걸어서 이곳을 떠났다.

언제 어디서나 이 시를 생각하면 고개를 들어 하늘의 별을 찾아보게 된다. 윤동주 시인의 별은 지금도 그 자리에 그대로 있을 것이며, 변함없이 이곳을 환하게 비추고 있을 것이다. 별들은 항상 그 자리에서 변함없이 우리들을 내려다보고 있으며, 아무리 서울의 하늘이 공해와 매연으로 오염되어 있어도 우리는 희미한 장막 사이로 그 별들을 볼 수 있다.

별처럼 오래된 것이 이 지구상에 또 어디 있겠는가. 별은 우리의 모든 것을 다 알고 있다. 이 우주의 공간에 우리보다 먼저 태어나서 모든 기쁨과 슬픔, 고통과 환희의 역사를 지켜보면서 우리보다 먼저 웃고, 먼저 울었을 것이다. 말없이 우리들을 내려다보며 수많은 속앓이를 했을 것이다.

별을 본다는 것은 그 마음이 순수하고 깨끗하다는 것을 뜻한다. 선량한 사람이건, 악한 사람이건, 아이이건, 어른이건 고개를 들어 하늘에 있는 별을 바라보는 마음은 인간 본연의 순백하고 착한 본성에서 시작되는 것이라고 생각하고 싶다. 별을 보면서, 보복을 생각하고, 범죄를 생각하고, 살인을 생각하는 사람이 이 지구상에 얼마나 되겠는가. 고개를 들어 별을 찾아본다는 것은 별에 대한 투항이요, 하늘에 대한 항복이요, 나와 너, 그리고 우리 모두에 대한 마음 열기요, 수용이요, 화합이다.

고대 그리스 도시에는 아고라(agora)라고 하는 것이 있었다. 사람이 모이는 곳이었는데, 이것이 광장의 효시라고 한다. 고대 로마의 포룸(forum)도 이런 곳이 아니었을까. 광장은 대부분 도심의 교차로를 중심으로 넓은 지역을 끼고 있었다. 이는 곧 시민생활의 중심지에 있다는 뜻이 된다. 중세는 종교가 워낙 중요한 역할을 하고 있었기 때문에 이러한 광장은 큰 교회 앞에 있기도 했다.

전 세계적으로 유명한 광장은 영국의 트라팔가광장, 미국의 워싱턴광장, 구소련의 레닌광장 등이 아닐까. 그 밖에도 각 나라마다 여러 곳이 있을 것이다. 우리나라에도 여의도광장, 광화

문광장 등이 있다. 세월의 흐름에 따라 사회가 변해가면서 광장은 그 본래 의미가 퇴색하기도 하다가 우리나라에서는 촛불집회니 태극기 시위니 하여 광장의 개념이 어느 하나의 목적을 위한 것으로 많이 변질되기도 했으나, 아무튼 광장은 대중공공의 장소로써 지금도 많은 사람들에게 사랑을 받고 있다.

광장은 공원이다. 많은 사람들이 모이고, 흩어지고, 또 모여드는 곳이다. 그곳에 가면 휴식과 기쁨과 슬픔, 그리고 놀이가 있다. 인생의 교차로가 그곳에 있는 것이다. 만날 수 있는 사람들의 표정에서, 나누는 얘기에서, 그 발걸음에서, 우리는 다른 사람들의 삶의 모습을 보고, 나를 볼 수 있다. 광장에 가는 것이 무엇보다 설레고 기대되는 것은 이러한 타인들의 모습을 보며, 고단한 내 삶이 주는 피곤함을 씻을 수 있고, 나를 돌아볼 수 있기 때문이 아닐까.

사람은 어느 곳에 있든, 어느 위치에 있든 기어이 누구나 다 자기 원래의 자리로 돌아오고 내려와야 하는데, 그 엄연하고 엄숙한 사실을 실감할 수 있는 곳이 바로 광장이다. 그래서 그곳에 가면 우리는 모두 겸손해지고 조용해지고 숙연해진다.

이 광장에서, 어둠에 둘러싸여 하늘을 바라본다. 하늘을 보게 되면 별을 찾게 되고, 별을 찾게 되면 마음이 겸허해진다. 나를 계속 내려다보고 있는 별…… 나는 부끄러워진다. 나의 일거

수일투족을, 아니 나의 속마음까지도 환히 들여다보고 있었던 것이 아닐까. 이 지구상의 모든 사람들을 하나하나 내려다보며, 개미보다 더 작은 우리들의 마음과 행동을 보며, 얼마나 애태우며 또 얼마나 탄식했을까.

이런 생각으로 한동안 별을 바라보고 있노라면 그 별은 서서히 흔들린다. 무언의 애끓음으로 그 별은 내 눈 안에서 흔들리고, 나는 그만 고개를 떨구고 만다. 뒤 한번 돌아보지 못하고 앞만 보고 질주하듯 사는 동안, 내가 받은 상처보다 타인에게 준 상처가 훨씬 클 것이라는 생각이 불현듯 든다. 눈물이 흐른다. 척박했던 내 삶을 운전해 온 내 영혼이 가엾다.

발을 내려다본다. 어딘가를 열심히 돌아다녔던 두 발, 무엇을 찾으려고 그토록 돌아다녔는가. 닳고 닳도록 온 구석을 헤집고 다녀서 무엇을 얻었는가. 무엇을 잃고 말았는가. 더 잃을 것이라도 아직 남아는 있는가. 이제 어디로 어떻게 갈 것인가. 정답은 없다. 그러나 광장에 서서 별을 바라보며, 이런 생각을 할 수 있다는 것이 삶의 조용한 기쁨이다. 내 머릿속에서 그동안 헝클어졌던 내 생활의 그 무언가가, 우선은 생각이라도 정리되는 것이 광장에 온 보람일 수 있지 않겠는가.

이 광장에 와서 저렇게 서성이며 별을 찾는 사람들은 그 누구보다도 많은 삶의 고단함과 외로움을 가지고 있다. 그러나 별을 보면서 스스로 치유하고, 다시 건강한 삶으로 회복할 수 있는 힘이 그들의 내면세계에서 생겨날 수 있다. 이제 엄연한 현실의 세계로 돌아가야 한다. 다시 소망과 꿈을 가지고 내 자리로 돌아가야 한다. 그것이 별의 생각이고, 이 광장에 부는 바람의 뜻일 것이다.

내가 나를 데리고 사는 방법

우리 주변에는 잘 풀리지 않는 문제, 많은 노력을 기울여도 풀지 못하는 문제들이 참으로 많다. 그것을 몇 개 콕 집어서 얘기할 수도 있겠지만, 그렇게 지적하기보다는 그냥 이런저런 삶의 문제들이 워낙 대량으로, 그리고 광범위하게 우리 생활주변에 펼쳐져 있으며, 우리는 그것들을 그냥 안거나 그것들과 부딪쳐가며 살아간다고 하는 것이 더 타당할 것이다.

내가 하고 싶은 말은 특정하게 불거진 생활의 당면한 어떤 문제가 아니라, 살아가면서 겪는 다수이며 일반적인 불명(不明)의 삶에 대한 문제들이다. 그것은 개인적이건 집단적이건, 경제적이건 사회적이건 아무튼 우리들 삶과 연관된 직, 간접적인 문제들일 텐데, 그것이 다 무엇이며, 또 어떻게 풀고 대응해나가야 하는지 일일이 묻고 답할 수도 없으니, 그저 이 상태로 갑갑하지만 살아갈 뿐이다.

그동안 사람들은 이런 삶의 문제들을 수시로 생산해냈으며,

31

이것으로 서로가 서로를 골치 아프게 만들고, 또 앞으로도 그럴 것으로 보인다. 그런데, 그런 문제들을 만드는 사람은 네가 아니라, 바로 나 자신이다. 그 다른 누구도 아닌 나 자신이라고, 모두가 그렇게 생각해 볼 필요가 있다. 각자 개개인은 복잡하고 골치 아픈 문제들을 일으켜가며 사는 존재들임에 틀림이 없다.

갈등, 분열, 다툼, 도전, 그리고 승리, 패배, 화합, 번영 등 모든 활동의 시작과, 과정과 끝은 모두 인간의 생각과 판단에서 비롯되고, 벌어지며, 마무리되었다가 또 다시 전개되는 것이다. 그것은 결국 나의 문제이다. 물론, 주변과 상황의 문제이고, 주변과의 이해관계의 문제이지만 파헤쳐 들어가 보면 나의 판단에 따른 문제이다. 자존감의 문제이기도 하고, 열등감의 문제이기도 하고, 그것들이 엉키기도 한 심각한 생사의 문제이기도 하다. 내가 어떻게 받아들이고, 생각하고, 고민하고, 행동하는가. 문제는 거기에서 시작한다.

더욱 많은 나의 문제들이 남의 것과 또 다시 새롭게 얽히고 설켜, 눈덩이처럼 한층 커지고 딱딱해져서 사회문제로, 국가문제로, 그리고 국제문제로까지 되는 것이 아닌가. 그것은 풀기 어렵게 더욱 단단히 꼬여버린 실뭉치가 되어서 우리 사회에, 개인들한테, 결국 나에게로 다시 던져진다.

그래서 사람 사는 세상은 자꾸 복잡해진다. 동물들의 세상도 그럴 것이다. 사람이 만든 환경의 지배를 받을 수밖에 없는 것이 또한 동물일 텐데, 사람들 생각과 행동이 복잡해졌으니, 그들 역시 예전의 삶과 지금의 삶에는 뚜렷한 변화가 있을 것이다. 예전보다는 더 힘들게 살아가는 것이 분명하다. 거기에다가 사람들은 인공지능이라는 것을 하나 더 만들어내서 동물, 인간, 인공지능, 이렇게 복잡한 삼각관계를 만들어 놓았다. 여기에 뒤섞이어 식물의 세계도 더욱 꼬여갈지 모른다. 지금까지 그래온 것처럼 인간이 계속 가만 두지 않을 것이기 때문이다. 세계가 온통 복잡해지고 소란스러워지고 있다.

이러한 현대 문명사회 속에서는 가만히 있어도 피곤해진다. 유유자적하고 싶어도 내 주변이 나를 가만두지 않는다. 그렇다고 땅속 깊이 굴을 파고 들어가 살 수도 없고, 하늘 높이 떠서 살 수도 없다. 나를 잘 지키며, 주변 환경에 잘 적응하며, 주변 사람들과 조화롭게 살아가야 할 텐데, 슬기롭게 살아가라는 옛 어른들의 말씀만이 피곤한 생각 속에 갑갑한 구름처럼 떠돌 뿐이다.

가끔 고속도로를 달릴 때가 있다. 최대 속도를 넘어서 마구 달리는 차들도 많고, 최저속도보다 천천히 가는 차들도 있다. 많은 차들이 서로 뒤질세라 경쟁하며 달리고 있는데, 나 혼자만 규정 속도를 지켜가며 주행하다보면, 옆으로 휙 삐져나와 쌩 하고 바로 내 옆을 위험스럽게 지나쳐 나가는 차들을 자주 볼 수 있다. 분명히 그 차들은 최대속도를 상당히 초과하여 달려가고 있는 것이며, 규정을 지키고 있음에도 나는 그들에게 불편한 존재거나 방해가 되고 있는 것이다. 물결을 타야 한다. 과속벌금을 내더라도 때로는 전체적인 속도의 물결을 타야 안전할 수 있기 때문이다.

어떻게 살아야 하는가. 비록 내가 문제를 만들지 않더라도 내 옆의 누군가가 열심히 문제를 생산해내고 있는 이 세상에서 나는 어떻게 살아야 하는가. 답은 없다. 단지, 내가 나를 잘 운전해가야 하는데, 우선은 내 자존감을 높여주는 일부터 시작해야겠다. 자존감의 문제, 우리 삶에서 정말로 소중한 것이 바로 이 자존감의 문제이다.

모든 인간관계의 불화와 갈등, 다툼과 미움, 그리고 시기와 질투와 분노는 이 자존감의 문제에서부터 출발한다. 이해와 사랑과 포용, 그리고 용서와 화합과 발전도 모두 이 자존감에서 시작된다. 자존감은 자존심하고는 다르다고 한다. 굳이 들은 대로 부언을 하자면, 둘 다 긍정적이라는 데에는 공통점이 있지만, 자존심은 경쟁 속에서의 긍정이고, 자존감은 있는 그대로의 자기 모습에 대한 긍정을 의미한다고 한다. 자존감이 더욱 가치 있다는 뜻이 숨어 있다.

자존감이 잘 형성되어 있는 사람이 자기 자신을 소중히 여기고, 타인과의 관계를 긍정적으로 잘 유지해갈 수 있다는 얘기는 너무나 당연해서 이제 식상할 정도이다. 그런데, 사실 그것이면 다 되는 것 아닌가. 자신을 소중히 여기면서, 쓸모없는 이기적인 문제점들을 만들어 내지 말고, 다른 사람과 원만하고 긍정적인 관계를 유지해나간다면 이 사회에, 주변 조직에, 나아가 국가 간에 무슨 문제가 있겠는가. 현대사회의 복잡한 이해관계 문제를 너무 단순하게 인식하는 것인지는 몰라도 아무튼 가장 기본적인 사회적 정신은 개인의 건강한 자존감에 있다는 사실은 틀림이 없을 것이다.

영국의 천문학자요, 수학자인 존 허셸은 자존감은 모든 미덕의 초석이라고 했으며, 미국의 심리학자인 윌리엄 제임스는 성취를 늘리거나 허세를 줄여서 지켜갈 수 있는 자존감에 대한 중요성을 강조했다. 상반되는 두 가지 요인의 공학적 구성에 의해 자존감은 영향을 받는다는 뜻일 것이다. 열등감은 당당히 극복하여야 할 과제이며, 과한 욕망도 절제를 하여야 한다. 또한, 작은 것부터라도 자기가 해나갈 수 있는 일들을 하나하나 성취해 나가는 것이 중요한 것이며, 쓸데없는 잘난 체는 하지 말아야 한다.

이것이 이 복잡한 사회 속에서 내가 나를 잘 데리고 사는 방법이 아닐까. 모두가 자기 자신을 잘 데리고 산다면 이 사회는 정말 살 만한, 떠나고 싶지 않은 따뜻한 공동의 보금자리가 될 것이다.

내 영혼의 맑은 울림을 위하여

헤밍웨이는 스페인 내전을 배경으로 대작 『누구를 위하여 종은 울리나』를 썼다. 헤밍웨이는 스페인 내전에 직접 참가하여 파시스트를 반대하는 의용군으로서 활동할 만큼 스페인을 아끼고 사랑했다. 그리고 그것을 배경으로 이러한 불후의 명작을 만들어냈다. 1940년의 일이었다. 자기가 아끼고 사랑하는 것에 대한 열정의 표현과 행동, 그리고 만들어낸 소산물은 그래서 역사적 의미와 가치가 있는 것이 아닐까.

내가 아끼고 사랑하고 지켜내야 하는 것은 무엇인가. 살아가면서 지켜내야 할 만한 것은 무엇인가. 그리고 그것을 통하여 나는 무엇을 만들어 낼 수 있는가. 이런 생각을 하게 되면, 내 마음 속에 슬금슬금 찾아오는 자괴감 같은 것을 숨길 수가 없다. 불명(不明)의 자괴감, 씁쓸한 생각이다. 아마도 지난 세월, 무슨 일에서든 신중하지 못하고, 자꾸만 나대고만 싶었던 나의 경솔하고 가벼운 성격이 떠오르기 때문일 것이다. 아무튼 겉멋은 버려야 할 나의 첫 번째 잘못됨이다.

　그러면 지금부터라도 어떻게 해야 할 것인가. 바람은 왜 저렇게 기별도 없이 오고가는 것이며, 이슬은 왜 새벽녘에 제 몸을 던져 온 천지를 직시는 것이며, 냇물은 왜 돌바닥을 훑으며 흘러가는 것인가. 깊은 밤, 나는 왜 잠 못 이루고 하늘의 별을 찾으며, 왜 나는 책을 읽고, 또 글을 쓰려고 하는 것일까.

　성경은 인간 구원의 역사라고 한다. 불경 역시 인간 구제를 위한 진리의 기록일 것이다. 거기까지는 못 미치더라도, 무슨 주의니 하는 복잡한 모든 것을 다 통틀어서 이 세상을 살아가는 많은 사람들에게 영혼의 깨우침을 통하여 인간 삶의 참모습을 제시하고자 하는 것이 글이라면, 글을 쓴다고 하는 나는 지금 무엇을 하고 앉아 있는가, 라는 스스로의 질문에 봉착하게 되고, 그 앞에 오답조차 쥐고 있지 못하고 만다.

　나는 오직 나를 위하여 글을 썼다. 나의 개인주의를 위하여 글을 쓰며 살았다. 열린사회의 구성원으로서 우리 인간 삶의 참다운 모습을 제시하거나, 올바른 정신의 고양을 통한 미래 삶의 풍요로움 같은 것을 생각하지 못했다. 그렇게 고민해가면서 글을 쓰며 살지를 못했다. 그저 흘러가는 강물처럼 내 영혼을 방관하며 살아왔으니, 정신은 빈곤하여 울림이 없었고, 영혼은 척박하여 가을 볏짚처럼 메말라 부스러졌다.

내 영혼의 정체와 퇴보, 그리고 알 수 없는 방황과 분노로 가출하고 싶어 요동쳤던 그 시간마다 여기저기 떠도는 부초와도 같이, 나는 아무 생각 없이 그저 멍하게 하늘을 바라보곤 했었다. 그것이 내가 나에게 했던 최선의 치유였다. 그 가난하고 빈곤한 머묾 속에서 어떻게 내가 남을 위하여 마음의 글을 쓸 수 있었겠는가. 자학도, 겸손도 지나치면 비굴해지지만, 나는 아직 남을 위하여 글을 쓸 만큼 성숙해지지 못했다. 영혼의 나이가 여전히 유년의 한구석에 머물고 있는 것처럼 느껴지는 내 모습이 가엾고 안쓰러운 것이다.

　　어느 대중가수가 한 말이 생각난다. 목소리가 안 나와서 매일 새벽마다 산에 올라가 소리 지르는 것을 수년간 힘들게 반복하다가 어느 날 갑자기 목이 탁 트였다고 한다. 그 긴 기간의 연습과 훈련 끝에, 하수관에 꽉 끼어있던 녹들이 한꺼번에 떨어져 나가듯이 목이 뻥 뚫렸다는 것이다. 듣는 것도 마찬가지이다. 어느 미국 교포의 이야기지만, 미국에서 십년 가까이 살면서도 영어가 통 안 들리다가 어느 날 아침 별안간 텔레비전에서 나오는 아나운서 말이 귀에 들어오기 시작했다고 한다. 그 이후로부터는 귀가 뻥 뚫려서 모든 영어를 다 알아듣게 되었다는 것인데, 그 긴 기간 그의 귀는 듣는 연습과 훈련을 꽤 열심히 했을 것이다.

　　열심히 하면 다 그렇게 되는 것인가. 사실 모든 것들이 위의 사례와 일치되지만은 않을 것 같다. 근본적으로 기질적인 문제도 있을 것이고, 질과 양의 문제이기도 할 것이지만, 그러나 모든 일에서 자구적 노력이라는 것은 엄연한 성공의 기반이 됨은 확실하다. 여전히 나는 더 배우고 연습하고 훈련하여야 한다.

나의 휘청거리는 영혼을 위하여 나를 더 만지고 다듬고, 더 조용히 생각하고 고민하고, 그것의 비틀거림이 어느 정도 멈추었을 때, 목이 뻥 뚫린 가수처럼 귀가 뻥 뚫린 교포처럼, 내 영혼의 맑은 뚫림을 통하여 나와 내 주변을 위하여 글을 쓸 수 있지 않을까, 감히 타인의 인생에 끼어들어 이런저런 얘기들을 같이 나눌 수 있지 않을까. 다만 아직도 그 시기를 잘 모르는 것이 내가 느끼는 나의 현실이고, 안타까움인 것이다.

산책, 그 외롭고 고요한 즐거움

헨리 데이빗 소로는 산책을 자신의 직업으로 여길 만큼 산책에 대하여 깊은 애정을 가지고 있었다. 그는 산책을 나갈 때에는 노트, 펜 등 기록할 도구들을 챙겼다. 길을 걸으면서 주변의 동식물들을 주의 깊게 관찰했으며, 자연의 현상과 자기의 생각을 꼼꼼히 기록했다.

그는 깊은 사색의 길을 걸으며, 이러한 자연과 생명에 대한 자기만의 성찰과 연구를 했다. 자연과 인간 삶에 대한 근원적 인식과 사유, 사색을 통하여 어느 것에도 구속받지 않는 자유로운 삶의 길을 걸었고, 문명에 대한 비판을 통하여 대중들에게 들려주어야 하는 자연의 이야기들을 만들어냈다. 길을 걸으며 그는 번득이는 삶의 지혜와 소중한 글의 소재를 찾았다. 그리고 그는 『월든』이라는 불후의 명작을 남겼다.

걷는다는 것, 빨리 걸어가는 것이 아니라, 천천히 걷는 산책만으로도 뇌의 운동이 활성화된다고 한다. 물론 빨리 걷기가 근력향상이나 심폐운동에는 더욱 도움이 될 것이다. 그러나 천천히 걸어가는 것, 그것도 긍정적인 마음가짐으로 그렇게 걷는 것은 다양한 생각을 갖게 하고, 폭넓은 사고능력을 신장시키며, 그 사고의 정도를 한층 깊게 하는데 도움이 된다고 한다.

걸으면 뇌의 활동도 분주해지고, 자극을 받은 뇌에서는 도파민이라는 훌륭한 호르몬이 분비된다고 하는 것은 의학적으로도 잘 알려진 사실이다. 그 외에도 이러한 걷기 운동을 통하여 세로토닌, 베타엔도르핀 등 우리 정신건강에 좋은 호르몬들이 모조리 분비된다고 하니, 물론, 운동이 될 만큼 속도나 강도가 있으면 더욱 좋겠지만, 어떻든 정신건강에도 걷는 것처럼 중요한 일은 없을 것이다.

프랑스 스트라스부르 대학의 사회학과 교수인 다비드 르 브르통은 자신의 책, 『걷기예찬(Eloge de la marche)』에서 걷기는 세계를 느끼는 관능에로의 초대라고 했다. 즉, 걷는다는 것은 세계를 온전하게 경험한다는 것으로, 이때 그 경험의 주도권은 인간에게 돌아온다는 것이다. 사람은 자기 몸을 통하여 무궁무진한 감각과 관능의 세계에 대한 지식을 확대하기 위하여 걷는다는 것이다. 또한, 그는 걷는다는 것은 침묵을 횡단하는 것이며, 주위에서 울려오는 소리들을 음미하고 즐기는 것이라고 말했다.

칸트도, 루소도 모두 산책 마니아였다. 이미 잘 알려진 사실이지만, 칸트는 정해진 시간에 일정한 장소를 빠짐없이 산책하는 것으로도 유명했다. 매일 같은 시간에 산책을 함으로써 그가 모습을 보이면 그 마을사람들은 시계를 맞출 정도였다고 하니, 그의 산책에 관한 애정은 그야말로 남달랐던 것임에 틀림이 없다.

루소 역시 산책 마니아였다. 그는 평생 파란만장한 삶을 살면서 인생 말년에는 파리 외곽의 공원과 전원을 홀로 걸었다. 마지막 저서로 알려져 있는 『고독한 산보자의 몽상』에서 루소는 하루 중에 고독과 명상의 시간이야말로 내 마음이 흐트러지거나 방해받는 일 없이 온전히 나 자신에게 집중할 수 있는 유일한 시간이라고 썼다. 그만큼 자연의 품속에 의지하며 조용히 산보하는 시간의 소중함을 애기했다. 외롭고 고요한 산책을 즐겼던 것이다.

찰스 디킨즈 역시 잘 알려진 산책 예찬론자였다. 그는 작품에 열중할 때는 하루에도 런던의 어두운 거리를 20킬로미터 이상 걸었다는 기록이 있다. 디킨즈는 걷는 동안 머릿속에서 소설을 쓰면서 웃기도 하고 울기도 했다고 한다. 그렇게 하여 『크리스마스 캐럴』이 탄생했다. 니체는 산책을 통하여 평생 지니고 있던 우울증을 어느 만큼은 이겨낼 수 있었다고 한다. 그는 걷기를 통하여 나오는 생각만이 어떤 가치를 지닌다고 말하기도 했다. 키에르케고르는 무엇보다 걷고자 하는 열망을 잃지 않기를 바란다고 말했다. 이들은 모두 시대의 산책 중독자들이었다.

생각은 걷는 발뒤꿈치에서 나온다는 말이 있다. 생각이 멈춰 있으면 걷기를 시작하라는 말도 된다. 뚜렷한 목적지를 가지고, 정해진 시간 안에, 일정한 속도로 걷는 것이 아니라, 특별한 목적지 없이, 시간을 정하지 않고, 발 닿는 대로 천천히 소처럼 걷는 것이다. 우리는 이렇게 걸어야 한다. 일상생활의 틀에 끼어 온몸과 마음이 황폐해져 갈 때마다, 그 고단함 때문에 지쳐 늘어질 때마다 우리는 일상을 벗어나와 우보(牛步)처럼 걸어야 한다. 안개가 흐르듯 조용하게, 시내를 벗어나 외곽의 고요한 길을, 공원의 한적한 길을, 잔잔한 흙으로 덮인 길을 혼자 천천히 걷는 것이다.

아침이나 이른 오후보다 늦은 오후나 밤이 더욱 나을 것이다. 복잡한 것보다는 차라리 황량한 것이 낫다. 찻소리보다는 외로운 바람소리가 낫다. 반드시 혼자 걷는 것이다. 루소가 마지막으로 참회를 생각하며, 고독한 산보자를 생각하며 걸었던 것처럼 우리도 나에 대한 생각들을 하며 혼자 걸어야 한다. 루소의 흉내라도 한번 내봐야 한다.

산책을 시작하면서 우리는 어느 순간 내 마음 저 깊은 곳에서 울컥 솟아오를지도 모르는 미지의 아픔과 기쁨을, 때로는 소리도 없이 줄줄 흐르는 눈물을 두 손으로 넘치게 받아야 할지도 모른다.

너와 나, 그리고 우리

1941년 독일의 시인 안톤 슈낙은 『젊은 날의 전설』이라는 산문집에서 우리 생활 주변의 작은 삶의 현상들을 〈우리를 슬프게 하는 것들〉로 그려냈다. 이 글에서 우리는 우리 생활주변에 우리를 슬프게 하는 것들이 소소한 모습으로 잔잔히 깔려있음을 알 수 있었다. 1968년에 펴낸 어느 시인의 초기 에세이집 제목도 『인간은 슬프려고 태어났다』로 시작한다.

왜 우리는 슬픈 존재일까. 왜 그럴까. 목숨이 있는 것은 언젠가는 죽기 때문에 그런 것일까. 죽는다는 것은 당연히 슬픈 일이다. 그렇다면 처음부터 이 세상에 오지 말아야 할 걸, 그게 어디 내 마음대로 되는 일인가.

오는 것과 가는 것부터 내 마음대로 되지 않는 우리 인생은 그래서 당초부터 슬플 수밖에 없는 것인가. 혹시 목숨이 없는 것들도 슬픔이라는 것을 알까. 그것들에게도 슬픔이 있는 것일까. 이런 생각들을 하다보면 정말로 모든 것이 슬퍼진다. 특히,

깊은 사고를 할 줄 아는 인간은 슬프려고 태어난 것임에 틀림이 없다는 결론에 도달하게 되는 것이다.

인간과 슬픔, 그 탄생과 소멸, 남음과 사라짐 등 이러한 근원적인 명제에 대하여 철학적인 근본이나 깊이가 없는 내가 이러쿵저러쿵 얘기한다는 것이 나 스스로 무척이나 부담스럽기는 하지만, 곰곰이 생각해 보면 인간 삶의 유한성, 생로병사의 아픔, 사라짐의 존재 등 이러한 한계를 가지고 서로가 유사한 과정을 겪고 밟으며 살아가는 존재로서 우리의 삶이란 결국 '기쁘려고'보다는 '슬프려고'가 더 타당해 보인다.

그렇다고 이렇게 생각하는 것을 긍정적이지 못하고 부정적인 사람이라고 판단해버린다면 그것이야말로 더 크게 슬퍼할 일이다. 우리는 인간의 본성과 거기에 맞물린 삶의 한계성을 잘 살펴보아야 할 것이다. 종교의 탄생도 결국은 그런 한 배경에서였던 것은 아니었을까 하고 생각해 보지만, 더 이상은 잘 알 수가 없다.

나라는 존재는 이 세상에 하나밖에 없다. 너도 그렇고, 그도 그렇다. 우리 모두는 각기 서로 다른 지문을 가지고 있는 것처럼 이 지구상에서 각자 유일무이한 존재이다. 생김새, 사고방식, 기호, 태도 등 비슷비슷하면서도 분명히 다른 것이 나요, 너요, 그들인 것이다.

그래서인가, 사람 사는 세상은 참으로 복잡하다. 아니, 힘이 든다. 도대체 나 같지 않으니, 내가 하는 모든 일에 힘이 들지 않을 수가 없다. 그것이 크고 작을 뿐이다. 때때로 죽이 좀 맞는다 하여도 잘 들여다보면 한쪽 누군가가 양보하고 참아내기 때문에 그런 것이다. 그렇지 않는다면 이 세상은 온통 분노와 다툼과 노여움과 슬픈 일들로 가득해지고 만다. 그러나 다행스럽게도 이 사회는 너였고 나였다가 우리가 되는 그런 바람직하고 소망스러운 이해와 양보와 조화로써, 그리고 공감과 위로로써 건강하고 아름다운 모습으로 커가고 있다.

그런데 요즈음에 와서 이 '우리'가 다시 '너'와 '나'로 쪼개지는 현상이 두드러지고 있음은 매스컴 등 여러 보도매체를 통하여 쉽게 알 수 있다. 화합에서 분열, 통합에서 이탈을 넘어서 내 사익을 위해선 공공질서의 파괴는 물론, 타인의 생명까지도 경시해버리는 일들이 주변에서 너무 자주 일어나고 있다. 현 우리사회의 문제점이라는 금전만능주의, 자본주의라는 말은 이제 입에 오르내리기조차 민망하다. 이러한 물질 지향적 사회분위기 때문만은 아니겠지만, 어떻든 타인을 배려하지 못하고, 정의로운 사회를 추구하지 못하는 이 기울어진 사회가 우리를 너, 나로 분리시키고, 나아가 개인을 더욱 개인적으로 고립화시키는 개인주의, 이기주의를 만들어낸다는 것은 주지의 사실이다.

조금은 다른 얘기지만, 벌써 60여 년 전에 저명한 미국의 사회학자인 데이빗 리스먼은 『고독한 군중(The Lonely Crowd)』에서 현대 산업사회에서 앞으로 새롭게 등장하는 대중사회의 마음과 양식의 변화 중 가장 큰 것이 현대인의 감정인데, 그것은 바로 고립감이라고 언급했다. 참으로 타당한 지적이 아닐 수 없다.

타인의 생각과 관심에 예민하게 반응하며, 그 집단사회에서 격리되지 않으려고 부단히 노력해야만 하는 현대인. 이 얼마나 외롭고 힘든 일인가. 우리라는 화합과 조합의 공동체에서 극히 개인적이고 사사로운 이익의 추구에 따라 너, 나로 흐트러질 수밖에 없는 현실이, 모여는 있지만 고독하지 않을 수 없는 군중들이며, 번민하는 우리들의 자화상인 것이다.

현대인들은 외롭다. 외로우니까 슬퍼진다. 그러기 때문에 인간이고, 그러기 때문에 성숙해질 수 있다. 한바탕 웃음과 기쁨으로 시간을 보낸 사람보다 한바탕 아픔과 슬픔으로 시간을 보낸 사람이 더 성숙해 보이는 것은 아마 인간이기 때문에 그런 것이 아닐까.

그래도 슬픔보다는 기쁨이 낫다. 너에게서 나를 떼어내고, 나에게서 너를 분리시키는 것보다는 다소 서먹서먹하더라도 같이 모여 있는 것이 더 좋은 것이다. 슬픔이 과정이라면 기쁨은 결과가 되었으면 좋겠다.

지식의 무게에서 벗어나자

요즈음은 배워도 너무 많이 배운다고 앞서 지적한 바가 있다. 사람이 살아가면서 배우는 것만큼 바람직하고 좋은 일이 어디 있겠냐마는, 너무나 많은 것들을 필요 이상으로 배우는 통에, 우리 주변에는 많은 사람들이 그다지 필요가 없고, 그렇게 큰 의미도 없는 일에 신경을 쓰며, 가뜩이나 바쁜데 더욱 분주하게 살고 있다. 종종 돈과 시간의 낭비 같아 보인다.

학력이 그렇고, 때로는 기술이 그렇다. 이제는 웬만하면 대학원은 나와야 하고, 해당 분야의 관련 자격증도 몇 개는 있어야 한다. 물론, 좋은 일일 수도 있다. 그러나 과연 그럴까. 배우는 깊이도 그렇다. 중학교 학생이 고난이도의 논리적 수학문제를 더 깊이 파고 들어가 익히는 지식이 과연 그 시기에 필요한 건지, 고등학생이 우리가 여러 번 읽어도 뭘 하라는 건지 알 수가 없는(나의 형편없는 실력으로 말하여 죄송스럽지만, 문제의 취지조차 모르는 경우도 허다함), 역시 고난이도의 미적분 증명 문제 같은 것을 잘 풀어봐야 과연 그 시기에 의미가 있는 건지 의문이 들곤 한다.

물론, 일단의 천재들은 국가의 장래와 국제경쟁력을 위하여 그렇게 키울 일이지만, 전 세계 학생들이 다 모여 학력경시대회를 하는 것도 아니고…… 아무튼 우리 스스로 너무 어렵게 살려고 애쓰는 면이 있는 것 같다. 차라리 그 시간에 운동을 열심히 하거나, 노래를 열심히 부르거나, 게임을 열심히 하거나, 음식을 열심히 만들어서 자기의 잠재능력을 개발하든가, 책을 많이 읽어서 다른 사람들의 삶과 생각을 느끼고 배우는 게 더 나을지도 모르겠다.

이 얘기는 이만 하기로 하자. 나보다 더 전문적이고 똑똑한 분들이 어련히 잘 알아서 고민하고 있을 테니까. 아무튼 고학력의 범람은 불필요한 경쟁의 늪에서 서로가 서로를 허우적거리게 만든다. 그리고 당사자의 뇌를 피곤하게 만든다. 인간의 뇌의 용량은 10조 바이트쯤 된다고 한다. 상상도 잘 안 되는 엄청난 용량일 것이다. 그것도 확실하지는 않고 그렇게 추측할 뿐이고, 거의 무한대라고 얘기하기도 한다. 그렇지만 반드시 그 한계가 있을 것이다.

우리는 이러한 엄청난 뇌의 용량 속에 평생 동안 많은 것들을 집어넣고 산다. 또 잊어먹고, 또 집어넣으며 사는데, 이러한 우리 뇌의 피로도는 엄청날 것임이 분명하다. 문명의 하루하루가 더해지면서 우리의 뇌는 곧 터질 듯이 팽창해갈 것이며, 그 속에는 수많은 고금의 지식들과 미래에 대한 생각들이 이미 낡아서 버려야 하는 불명(不明)의 정보 쪼가리들과 함께 뒤죽박죽 서로 엉켜진 채로 맴돌고 있을 것이다.

휴식이 필요하다. 그것이 터지기 전에, 그대로 폭발하기 전에 일부를 덜어내는 작업이 필요하다. 공간이 조금은 있어야 무엇인가가 돌아간다. 세상만사가 다 그렇다. 아무리 빽빽하게 올라온 시루통의 콩나물이라 하더라도 그 사이사이마다 숨 쉬는 공간이 있는 법이다. 우리 뇌도 마찬가지가 아니겠는가. 좀 비워내자. 온갖 잡동사니 죄다 집어넣은 뇌를 좀 쉬게 하려면 그 수밖에는 없는 것이다.

앙드레 지드는 다년간의 아프리카 여행을 통하여 종교적, 도덕적 해방감을 얻었다. 그의 마음을 꾹 누르고 있던 어떤 영혼과 신으로부터, 그리고 어떤 욕망과 굴레로부터 자유로워졌다. 자신의 마음을 압박하고 있었던 것은 그동안 쌓아온 많은 지식 때문일 수도 있었다. 바람과 같이, 나비와 같이 가볍고 자유로워진 그는 그 아프리카 여행 이후에 쓴 사상적 자서전인 『지상의 양식(Les Nourritures Terrestres)』에서 다음과 같이 얘기하고 있다.

"다른 사람들이 작품을 발표하거나 일을 하고 있는 동안, 나는 반대로 머리로 배운 모든 것을 잊어버리느라고 3년간 여행을 하며 지냈다. 배운 것을 털어버리는 그러한 작업은 느리고도 어려운 일이었다. 그러나 그것은 사람들에게 강요당했던 모든 지식보다 나에게는 더 유익하였으며, 진실로 교육의 시초였다."

우리에게는 이제 이것이 필요하다. 머리에 꽉 차있는 것들을 비워내는 작업 , 그 속에는 분명 쓰레기가 있을 것이다. 아니 많을 것이다. 처음에는 아니었는데, 지금은 악취 나는 쓰레기가 돼버린 것들이 여기저기 쌓여 있을지도 모르는 일이다. 비록 쓸모 있는 것이라 할지라도 조금은 덜어내야 한다.

배운 것도 털어버렸던 지드의 작업은 요즘음의 우리 생활에 시사하는 바가 매우 크다. 미련 없이 덜어내고 털어버리자. 그것이 힘들다면, 요즘음 말로 멍 때리기라도 열심히 해서 우리의 지친 뇌를 쉬게 해야 할 것이다. 앞으로는 멍 때리기를 자주 하는 사람이 많은 사회가 경쟁력이 있고 활기가 넘치는 사회가 될지도 모른다. 차라리 골이 좀 비었다는 얘기를 듣자. 골이 좀 비어 있어야 산뜻하고 신선한 그 무엇이 들어올 자리가 있지 않겠는가.

앙드레 지드는 억압과도 같았던 지식을 내려놓고, 자신을 옭아맸던 정신적 굴레를 벗어남으로써 허공에 떠다니던 자신을 지상으로 내려오게 하였다. 그리고는 바닷가의 모래가 부드럽다는 것을 책에서 읽으며 느끼는 것이 아니라, 맨발로 그곳을 걸으며 느꼈던 것이다.

소리 내 울지 않는 그들을 위하여

경북 영주 두메산골에서 태어난 사회학자이며 소설가인 송호근은 돌이 지난 어느 날 서울로 전근 간 아버지에게 가려고 어머니 등에 업혀 서울로 향하는 완행열차를 탔다. 당시 사대문 밖은 죄다 변두리였던 시절, 그의 소년은 그렇게 서울 변두리 어느 판잣집에서 시작되었다.

"환경조사서의 '텔레비전' 칸에 체크한 학생은 부러움을 샀고, '자가용' 칸에 체크한 학생은 한 명도 없던 시절이었다. 장영철의 레슬링 시합이 있는 날이면 텔레비전이 있는 집을 찾아 집주인의 구박을 받으면서 화면에서 눈을 떼지 못했다 (중략) 그날 김기수가 한국 최초로 권투 세계챔피언이 됐다."

송호근은 『그들은 소리 내 울지 않는다』에서 이야기의 프롤로그를 이렇게 적어나갔다. 1960년대 중반의 한 작은 이야기가 물 없이 먹는 인절미처럼 우리 목을 메이게 하고, 지나간 우리들의 청춘이 잃어버린 손목시계처럼 우리들 머릿속을 떠다닌다.

맞아, 그땐 다 그랬어. 대부분이 다 못 살았지. 그래도 사는 수준이 서로 엇비슷했으니까 힘든 생활전선에서 숨찬 하루하루를 보냈어도 그것이 그렇게 고통스럽다는 것을 몰랐어, 다들 그랬으니까 보이지 않게 서로에게 위안도 되었지. 무엇보다 먹고 살아야 했으니까, 식구들을 먹여 살려야 했으니까, 그때에는 보통 한 집에 서너 명 정도의 애들이 있었어. 그거 다 입히고 먹여야지, 힘들다고 주저앉아 있을 시간조차 없었지. 자식들 입에 들어가는 것이 내 입에 들어가는 것보다 더 배가 불렀으니까. 송호근이 2013년에 와서 그렸던 슬픈 50대는 누구나 다 이런 거친 삶의 여로를 걸어왔다.

판잣집이란 어떤 집일까. 흙담집보다는 나은 집인가. 초가집은 차라리 운치라도 있어 보이는데, 판잣집은 그저 예전 청계천 다리 밑의 거지들이 사는 곳처럼 빈민들의 거처로 느껴진다. 한겨울이면 여지없이 길 한바닥에 나가 앉은 기분이었을 거고, 한여름에는 가마솥 안에 들어앉은 기분이었을 것이다.

겨우 비바람이나 피했을 정도의 판잣집은 수도 서울에서는 우리의 기억 속에서조차 사라진지 이미 오래되었고, 1950년대 서울 한복판을 누비다가 이제는 박물관에 보관된 전차처럼 어느 박물관의 사진 속에서나 볼 수 있게 되었다. 그러나 송호근도, 나도, 당시 우리 또래의 소리 내 울지 못하는 사람들은 대부분 그곳에서 다 먹고 잤으며, 그곳은 소중한 삶의 보금자리였다.

아무튼 판잣집에서 벽돌집으로, 다시 콘크리트 집으로, 그리고 타일을 붙인 집에서 이제는 눈부신 유리벽 집으로 발전하면서 우리의 겉모습도 화려하게 변신해왔다. 물론, 속모습도 많이 발전하고 성장해왔다. 나 외에 남을, 우리 가족 외에 다른 가족을, 사회를, 국가와 인류를 걱정하고 고민하게 되었고, 그만큼 생각도 깊어지고 넓어지고 다양해졌지만, 또 그만큼 이기주의도 팽배해지고, 새로운 범죄도 많아졌다.

이러한 급변하는 사회 속에서 편하고 풍족해진 것만큼 사람들은 과거보다는 미래에 더 관심을 갖게 되는 것이 사실이다. 지나온 우리의 과거, 우리 아버지, 어머니들의 삶의 모습을 돌이켜보기보다는 앞으로 나의 미래가 어떻게 될 것인지, 어떤 일이 일어날 것인지에 대해서 더 걱정을 하고 주시하게 된다. 어쩔 수 없는 일인 것 같다. 불확실한 미래라는 것은 늘 우리에게 불안감을 주기 때문이다. 이해는 한다. 하지만, 과거라는 빛바랜 그림 속에는 나를 먹여주고 입혀주었던 어느 일단의 사람들이 아직 남아서 조용히 서성이고 있다는 사실에 우리 모두는 잠시 뒤를 돌아보지 않을 수가 없는 것이다.

이러한 사회현상 속에서 송호근은 어쩔 수 없이 잊혀져가는 50대 베이비부머들의 쓸쓸한 모습을 우리 앞으로 끌어냈다. 그것은 바로 자신의 모습이었다. 중견기업 부장을 끝으로 퇴직하여 대리기사를 하여야 하는 사람으로부터 느끼는 서글픔이 그를 울리는데, 차마 소리를 낼 수는 없었다. 누가 들으면 안 되는 것이었기 때문에 그랬을까. 소리를 내며 울지 못했던 그 오랜 습관 때문에 그랬을까.

"고백하건대, 지난 30년은 청춘시대의 연장이었다. 잘했는가 는 그 다음 문제다 (중략) 그러나 나의 청춘이 명한 '세상을 향 한 여행'이 과연 성공적이었는가를 묻는다면 그렇다고 답할 자 신이 없다 (중략) 고도성장에 청춘을 바치고, 한국사회의 현대 화에 중년의 시간을 쏟아 부은 이들이 아무 대책 없이 노후를 맞아야 한다는 이 현실을 전혀 예상하지도 준비하지도 못했다 는 사실은 내가 30년간 지속했던 '세상을 향한 여행'에 제동을 걸었다 (중략) 더불어 '나를 향한 여행'이 시작되어야 함을 자신 에게 알려주기 위해서이다"

송호근은 이 책의 에필로그를 위와 같이 적고 있다. 그렇다. 무엇이 어찌 되었건, 세상을 향한 30년의 여행이 성공적이었든 아니든, 그들의 소리 없는 울음의 여행이 지금까지 지속되었던 것이고, 이 험한 세상의 다리가 되어왔던 것은 부정할 수 없는 엄연한 사실이다.

젓던 노를 내려놓고 잠시 쉬고 싶을 때마다 거친 물결은 그 들을 가만 두지 않았다. 그들은 뒤뚱거리는 배 위에서 그 이후 의 삶에 대하여 생각해 볼 여유가 없었다. 노후라는 단어는 그들의 사전에서는 찾아볼 수가 없었다. 그렇게 시간이 흘러 이제 그들은 조용하게 뒤뜰로 가버린 쓸쓸한 그림자로 남게 되었다. 그래서 이제부터는 그들이 원하는 대로 나를 향한 여행, 그것만이라도 시작되기를 바랄 뿐이다.

　소리 내 울지 않는 그들을 위하여 곁에 있는 누군가가 할 수 있는 일은 그들의 원하는 그 작은 여행을 잘 떠날 수 있도록 묵묵히 바라보아주는 일일 것이다. 그렇게 그들을 지켜보면서 이제는 놓아주어야 할 것이다.

슬픔을 바라보다

　희로애락에 대한 감정의 구별은 분명하다. 그 감정들은 우리를 각각 격리된 공간 속으로 몰아간다. 비슷비슷한 것이 없다. 오히려 희로애락의 구분이 분명하지 않으면 삶의 긴장감도 없고, 끊어지는 맛도 없다. 다시 이어지는 맛도 없다. 인간은 감정의 동물인데, 우리는 일생을 살면서 이러한 감정 속에서 즐겁기도 하고, 슬퍼지기도 한다.

　그중 어떤 감정을 잘 느낀다거나 잘 느끼지 못한다거나 하는 것에 대한 장단점은 없다. 그러나 내가 지금 어떤 상태에 있는지, 그것이 나를 천국처럼 높은 곳으로 한없이 띄워놓는지, 나락처럼 깊은 곳으로 자꾸 밀어내는지, 인식하고 판단하는 능력은 반드시 필요하다. 아무튼 지나친 감정 하나에 사로잡혀 눈앞의 팩트를 보지 못하고, 이성을 잃는 것은 피해야 하기 때문이다.

　나는 이러한 희로애락의 각 감정 속에는 기본적으로 슬픔의 감정이 넓고 깊게 깔려있다고 믿고 있는 사람이다. 미흡한 설명이겠지만, 사람 사는 일이란 근본적으로 즐겁고 기쁜 것보다는 힘들고 슬픈 것이 아닌가 하는 생각에서이다. 누구에게나 다가올 미래의 죽음에 대한 생각에 집착을 해서 그럴 수도 있겠다. 어떻든 그것은 종교도, 철학도 본질적으로 해결해주지는 못한다.

물론, 이 같은 생각의 바탕에는 나의 부정적이고 비극적인 성격이 깔려 있음을 부정하지는 못하겠다. 그러나 나는 그것을 또 부정하고 싶다. 그렇지만 이런 나의 생각을 바꾸어서 삶은 기쁨이요, 즐거움이었다고, 환하게 웃는 얼굴로 이 세상을 떠날 그럴 용기도 솔직히 나는 없다. 그건 너무 힘이 드는 일이다.

그래서 나는 슬픔이라는 것은 살다보면 으레 만나는 손님으로 생각하기로 했다. 이미 오래 전에 마음먹은 일이다. 그가 불청객이든, 청객이든 나와는 수백 번 이상, 아니 수천 번 이상은 만나야 하고, 지지고 볶다가 헤어지고, 또 만나고 해야 될 일이다. 그렇게 마음의 준비를 하고 산다. 즐거운 일은 만나면 마음의 상처가 없는데, 슬픈 일은 대부분 마음에 상처를 주고 사라지므로, 그렇게 마음의 준비를 하는 것이 현명하겠다는게 내 생각이다.

물론, 슬픔의 크기에 따라 아픔과 고통의 진동은 전혀 다르다. 내가 직접 겪는 것은 말할 것도 없고, 주변 사람들이 겪는 그것 역시 나에게도 커다란 아픔으로 다가온다. 왜 우리는 그런 슬픔을 겪을 수밖에 없는 것인가. 인간이 영원히 살 수 있다면, 그런 슬픔이나 아픔은 없을 것인가. 아닐 것이다. 우리에게 슬픔이란 꼭 예정된 미래의 죽음, 그 사실에서 오는 것뿐만이 아니라, 우리의 일상에서 수시로 다양한 모양으로 다양한 크기로 오기 때문이다.

사랑하는 사람을 영원히 떠나보내거나, 누군가와 어쩔 수 없이 헤어져야 하거나, 또는 어떤 고통에서 몸부림치는 사람들의 가슴 아픈 현실을 보거나 하는 것은 큰 슬픔이다. 소중히 간직하던 펜을 잃어버렸거나, 아끼던 물건이 부서졌거나, 어느 아침 수선화 이파리 하나가 떨어진 것을 보거나 하는 것도 슬픔이고, 어느 먼 곳으로 사위어가는 기차의 기적소리를 듣거나, 문득 발견한 발 앞에 놓인 까치의 주검 등을 보게 되는 것도 슬픈 일이다. 많은 사람들은 이러한 감정에 대하여 글로써, 시로써, 음악과 그림으로써 그 슬픔을 노래하였다.

내가 내 앞에 직면한 어떤 슬픔을 볼 때, 그 슬픔도 나를 보고 있다. 우리는 서로 마주보며, 서로를 위로해주기를 바라고 있는지도 모른다.

슬플 때는 다른 상황을 삶 속으로 끌어들이라는 영혼의 시인, 마크 네포의 이야기가 생각난다. 그는 『고요함이 들려주는 것들(The Book of Awakening)』에서, "생강을 빵에 넣어 구우면 매운 맛이 사라지듯 슬픔도 다른 상황에 의해 옅어진다. 슬픔이나 상처로 마음이 얼얼할 때는 다른 것을 받아들이는 것도 도움이 된다. 이것은 가슴의 타오르는 불길에 생명의 물을 끼얹는 것과 같다"라고 했다.

슬픔을 피해 달아나지 말고, 그 슬픔의 색깔에 어울리지 않아도 괜찮을 물감을 찾아 배색하라는 것이다. 이 같은 그의 말은 슬픔을 마주보면서 그것을 내 안의 차분하고 즐거운 다른 감정과 잘 섞어 옅은 색깔의 슬픔으로 승화시키라는 뜻이 아닐까. 그것이 우리가 겪어야만 하는 인생의 많은 슬픈 일들을 만나고, 동화하고, 극복하여 이겨내는 방법이 아닐까.

우리는 내가 만난 내 인생의 슬픔들을 잘 살펴볼 필요가 있다. 그 슬픔의 이유와 성격, 그리고 그 의미를 곰곰이 생각해 볼 필요가 있다. 내가 더욱 성숙해지고 멋있는 나의 길로 가기 위하여 그것은 잠시 내 앞에 나타난 것은 아닌지. 그러므로 그것으로부터 도피할 것이 아니라, 그를 반갑게 맞이해야 한다. 그와 공감할 수 있도록 해야 한다. 분명, 그 슬픔도 나를 유심히, 조용히 지켜보고 있기 때문이다.

아, 어느 날 서로가 낯설어질 때

당신의 남편이, 또는 아내가 별안간 화를 내거나 짜증을 부릴 때, 평상시 안 그러는 사람인데 갑자기 그런 행동을 할 때, 아니면 똑같은 질문을 계속 해댈 때, 또는 항상 다니던 길을 잃어버리고 방황할 때 당신은 어떻게 생각할 것인가. 그것도 나이 60도 안 된 사람이라면…… 당신은 별 대수롭지 않게 생각할 것이다. 잠시 말다툼을 벌이거나, 오래 같이 살아왔음으로 이해하거나 할 것이다. 그리곤 잊을 것이다.

영화 〈아무르〉를 보면서 이러한 생각은 무서운 현실로 다가오게 된다. 칸느영화제에서 황금종려상을 수상했던 이 영화는 알츠하이머를 앓는 어느 노부부의 이야기를 그렸다. 치매에 대한 심각성과 그 불행함을 그린 평범한 영화 한 편이지만, 치매가 우리 사회에 주는 아픔, 특히 본인뿐만 아니라 주변 식구들에게 주는 고통이란 말로 다 표현할 수 없는 것이기 때문에 이 영화는 이 병의 심각성을 우리 코앞에 들이밀고 있다. 환자 바로 옆에서 직접 겪어보지 못한 사람은 그 고통에 대하여 함부로 말할 수가 없는 것이다.

암과 치매, 현대의학으로 아직 극복이 안 된 이 두 질병은 우리에게 공포의 대상이요, 삶에 불안한 그림자를 던져준다. 각자가 미리미리 예방하며 살아가는 방법 외에는 별 도리가 없다. 사실 예방이라는 방법도 뚜렷이 없다. 누구나 항상 염두에 두며 조심한다는 생각으로 살고는 있지만, 이 불청객은 제 마음대로 아무 때나 불쑥 찾아오는 것이다. 알츠하이머가 젊은 사람에게도 나타나고 있다는 것이 그 증거이다.

영화 〈아무르〉에서 남편 조르주는 부인 안느를 베개로 얼굴을 눌러 질식시킨다. 평생 아끼고 사랑하며 곁에서 같이 살던 사람이었다. 그렇기 때문에 더 이상의 아픔이 없도록, 모든 고통에서 벗어나 자유로움을 주기 위하여 그녀를 위한 최선의 방법을 선택한 것이다. 그 누구도 조르주를 재판할 수는 없을 것이다. 바로 옆에서 치료하며 지켜보는 가족의 입장을 직접 겪어보지 않았다면, 그 누구도 감히 어떤 말을 할 수가 없다. 그의 판단에 따른 행동에 대하여 영화는, 그리고 관객들은 감히 어떠한 판결도 내리지 못한다. 〈아무르〉는 '사랑'이라는 뜻이다.

나는 아직 젊다. 그래서 조금은 덜 걱정하며 산다. 젊은 사람들은 그렇게 묵언의 자위를 할 것이고, 운동도 열심히 할 것이며, 담배도 끊고 술도 적당히 먹으려고 노력할 것이다. 요즈음 사람들은 다 현명해서 그렇게 생각하며 살고 있다. 그러나 치매는 제 마음대로 불시에 어느 누구를 무심히 노크한다는 사실에 우리는 영 불안해지는 것이다.

부정을 하고 싶지만, 나도 모르는 사이에 내 무의식은 어느 정도 마음의 준비를 하고 있는지도 모른다. 어느 정도 나이가 되면, 누구나가 그렇게 생각하며 묵묵히 살게 되지 않을까. 그러한 두려움 속에서도 나만은 아니었으면, 하는 간절한 바람을 또 누구나 가지며 살아간다. 그러나 항상 그 바람보다는 그 걱정이 더 큰 것이 사실이다. 이 얘기는 치매에 대한 공포라는 것은 어떻든 우리 마음속에서 좀처럼 사라지지 않고 있다는 반증이기도 하다.

한때 잘 나가던 방송기자요, 토크쇼 진행자였던 메릴 코머는 남편이 알츠하이머병에 걸린 것을 알고, 그 모든 사회적 위치와 쌓아온 영광을 내려놓았다. 그녀의 남편인 하비 그랠닉 박사는 병에 걸렸을 당시, 미국 국립보건연구원의 현직 의사였으며, 그렇게 31년간을 의료기관에서 근무하고 있었으니, 그녀는 자기 남편만은 그런 불행한 병에 걸리지 않을 것이라고 확신하며 생활해왔다.

그런 그녀에게 어느 날, 그 사랑하는 남편이 이상한 행동을 보이기 시작했던 것이고, 처음에는 단순하고 일상적인 행동 중

하나로 보았는데, 점점 예민해지는 남편의 행동과 반응, 주의력의 산만, 잦은 돌출행동과 망각현상 등 평상시를 벗어나는 행동을 지속적으로 보이자 그녀는 자기 남편이 알츠하이머병에 걸렸다는 것을 확인했던 것이다. 남편의 나이 겨우 58세였다.

그녀가 쓴 『낯선 이와 느린 춤을(Slow Dancing with a Stranger)』에서 그녀는 자기 남편에 대하여 아주 매력적이고 멋진 남자였다고 회상하고 있다. 머리가 좋고, 고급 승용차를 몰고 다니며, 와인 수집이 취미이고, 흰 가운을 입고 의료연구기관에서 연구하고 진료하는 하비 그랠닉 박사. 해외여행을 다녀올 때는 반드시 아내의 선물을 챙기는 자상하고 따뜻한 남자를 그녀는 남편으로 자랑스러워했다. 이러한 행복한 가정생활 속으로 치매라는 불청의 파괴자가 들이닥친 것이다.

행동장애를 수반한 조발성 알츠하이머…… 메릴 코머의 모든 사회적 지위를 내려놓게 한 남편의 병명은 그랬다. 이 병은 병세가 빨리 진행되고, 상태가 급격히 악화되는 악성 알츠하이머병으로 대부분 오래 살지도 못한다. 그녀는 모든 것에서 손을 떼고, 오직 남편의 병수발에 전념하기로 했다.

"사람들이 우리를 버렸다. 하비가 예전의 그가 아니라서 그런 것이다. 하지만, 나까지 같이 버려져야 하나? (중략) 누구라도, 그 사람이 병에 걸려 나을 희망이 없다는 이유로 인생에서 잊혀서는 안 된다" 그녀는 당시의 힘들었던 마음을 이와 같이 표현하였다. 환자 본인은 물론이지만, 이를 돌보는 주변가족들의 더 큰 아픔과 고통은 다름 아닌 주변사회로부터의 고립감에서 오는 것이었다. 엊그제까지 존경을 받으며, 친근하게 지냈던 이웃이었는데.

무서운 사회적 고립감이 그녀의 가족들을 엄습하였고, 사회의 일원이라는 사실조차 밀어내려고 하는 현실이 너무 차갑고 매서웠다. 이 병이 전염되는 것은 아닌지 하는 주변의 냉담한 눈길을 그녀 가족들은 절감했다. 그녀는 남편을 치매전문병원에 입원시켜 치료를 하는 등 온갖 노력을 다하였으나, 병세는 점점 악화되고 있었다. 그녀는 남편을 본인 옆에 가까이 두고, 남편과 끝까지 동행하기로 결심했다.

"알츠하이머병으로 사랑하는 사람을 떠나보낸 이들이 내게 털어놓길, 아무리 힘들게 간병을 했더라도 가장 기억나는 건 고통스러운 마지막이라고 했다. 모든 게 끝나면 아마 안도감을 느낄 거라고 예상했지만, 놀랍게도 커다란 상실감과 슬픔을 느꼈다고 했다." 메릴 코머는 주변 가족들의 상실감을 이렇게 우리에게 전달해주고 있다. 그리고 그녀는 "알츠하이머병은 채워질 수 없는 공백을 만들어낸다. 아직 사랑하는 이들과 기억을 만들 수 있는 동안, 그들과 함께 있는 시간을 즐기고 싶다"라고 간절하고 애틋한 가족에 대한 사랑의 마음을 회상했다.

지금은 알츠하이머병의 조기 발견과 치료, 예방에 힘쓰며 살고 있는 그녀는, 침대에 누운 채, 의식도 없이 점점 죽어가고 있는 남편, 하비에게 수분을 공급하려고 액체를 한 모금 자기 입에 머금고 그에게 부드럽게 키스했다고 책 말미에 썼다. 그녀의 남편에 대한 눈물어린 사랑이 절절히 느껴져 나는 한동안 책을 덮을 수가 없었다.

죽음이여, 우리 좀더 친해지세

인간이 죽는다는 사실은 자연계의 엄연한 섭리요, 불변의 이치이다. 과거, 현재, 미래에 있어서 그렇다. 어디 죽는 것이 인간뿐이겠는가. 주변의 새들, 산속의 동물들, 그 많던 무더위 속의 매미들, 가을 들판의 메뚜기들, 이름을 알 수 없는 수많은 곤충과 벌레들, 이것들도 모두 죽는다. 때가 되면 모두 어디로 가서 죽고 만다. 죽음을 극복하거나 초월하는 것은 이 지구상에 아무것도 없다. 그래서 죽음이라는 것은 모든 생물에게 무한한 공포요, 결코 만나고 싶지 않은 그 무엇인 것이다.

목숨이 붙어있는 것은 무엇이든 오래 살고 싶어 한다. 그나마 인간은 오래 사는 동물일 것이다. 의학의 발달로 인간은 점점 오래 살게 되었지만, 무조건 장수한다고 행복한 것인가. 이제는 그 삶의 질이 문제가 되고 있다. 치매가 그 대표적인 예다. 아무리 의학이 발버둥치고, 문명의 빛이 세상의 삶을 송두리째 뒤집어놓아도 인간은 반드시 죽게 되어 있다.

우리는 적절한 때에 죽는다는 것이 행복하다는 걸 다시금 생각해 볼 필요가 있다. 영원히 죽지 않는다면, 이 얼마나 끔찍하고 불행한 일이 될 것인가. 영원히 산다는 것처럼 지극히 비참한 일은 이 세상에 없을 것이다. 오래 살고는 싶겠지만(물론 건강하게), 그러나 영원히 사는 것만은 반드시 피해야 할 일이다.

굳이 국문학자이며 민속학자였던 김열규의 『메멘토 모리, 죽음을 기억하라』를 얘기하지 않아도 우리는 평상시 죽음과 좀 친해둘 필요가 있다. 아무리 죽음이라는 것이 바로 삶의 다리 하나 건너 있는 것이라고 하지만, 이것을 그렇게 자연스럽게 얘기하고 경험할 배짱 좋은 사람은 없을 것이다. 죽음이라는 것은 항상 두려움의 상징이요, 공포의 표상으로 우리들에게 다가와 있었던 것이고, 우리는 애써 그것을 외면하고 싶었던 것이 아니었겠는가.

미국이나 유럽지역의 공동묘지는 시내 한복판에 있는 경우가 많다. 특히 미국의 경우, 이러한 공동묘지는 주택가에 있는 경우가 대부분이다. 산 사람들의 집과 죽은 사람들의 묘지가 바로 옆에서 같이 공존하고 있다. 어떤 지역은 묘지 가까이 있는 집들이 더 비싸다고도 한다.

반면에, 우리나라의 묘지는 산 사람들이 있는 곳과는 가능한 멀리 떨어져 있어야 한다. 죽은 사람은 먼 곳에 깊이 묻어야 한다. 망자가 되는 순간, 그는 바로 두려움의 대상이 되고, 공포의 존재가 되는 것이다. 생전의 친근함은 순식간에 사라지고, 그 낯섦과 두려움으로 망자는 가능한 나와는 멀리 떨어진 곳에 깊이 묻어야 한다. 혹시나 나를 찾아올지도 모르기 때문이다. 염을 하여 시신을 꽁꽁 묶는 것도 깨어나서 일어날지도 모른다는 공포감에서 그러는 것이라고 한다. 꼭 그런 이유는 아니겠지만, 그 말에 충분히 이해는 간다.

외국의 경우는 이것과는 많은 차이가 있다. 염이라는 것도 없고, 수의라는 것도 없다. 시신은 본인이 원했던 복장으로, 아니면 깨끗한 정장으로 입히고, 화장을 곱게 하여 소위 뷰잉(viewing)이라는 것(관 뚜껑을 열어두어서 조문객들로 하여금 망자를 직접 볼 수 있도록 하는 것)을 거쳐 집 근처에 매장을 한다. 그립고 보고 싶은 망자를 내 곁에 가까이 두고 싶은 마음에서이다. 물론, 이것은 동서양, 또는 각 나라 간 관습과 문화의 차이이다. 이런 것으로 우월을 가릴 수는 없겠지만, 시사하는 바는 매우 다르다.

아무튼 죽음은 산 사람들에게는 충격이고, 두려움이고, 피하고 싶은 현실이다. 불의의 낯선 불청객일 수밖에 없다. 종교도, 철학도, 문학도, 음악도 이 본질적인 죽음의 문제를 비켜가지는 못한다.

소설가 김훈은 『자전거 여행』에서, "…죽음은 바람이 불고

날이 저물고 달이 뜨고 밀물이 들어오고 썰물이 빠져나가는 것
처럼 편안한 순리로 느껴진다"고 했다. 삶과 죽음의 관계는 이
래야 한다. 인간이 평상시 죽음과 잘 친해두면서, 자연의 순리
에 순행하면서 살아왔다면 죽음을 이같이 느낄 수 있을 것이다.
죽음이라는 것을 이와 같이 느낄 때, 자연이었던 인간은 결국
자신의 고향인 자연으로 자연스럽게 돌아가는 것일 게다. 삶의
이쪽에 있다가 때가 되어 바로 저쪽으로 다리 하나 슬며시 건너
가는 것. 삶과 죽음의 차이라는 것은 결국 없는 것이다. 이승에
서 저승으로 슬며시 옮겨가는 것일 뿐이다…… 그러나 나는 그
렇게 긍정하지 못한다. 생각도 미치지 못하고, 용기도 없다. 순
리를 거스르며 살아왔기 때문이다.

　우리 인간은 죽음 앞에서 결코 대범해질 수는 없다. 아무리
평상시 죽음과 친해둔다 해도 나는 자신이 없다. 죽음과 친해
두는 방법이 무엇인지도 모르겠고, 알 수도 없다. 서늘한 바람
이 부는 공동묘지 옆에 살 자신도 없으며, 망자는 망자로서 빨
리 잊히기를 원하고, 산 자는 산 자로서 살아가기를 원한다. 여
전히 죽음은 나와는 상관없는 그 무엇이기를 바란다.

　이성을 가진 인간이기 때문에 이렇게 죽음에 대하여 어느 생
물보다도 큰 두려움과 공포를 느낄지도 모른다. 차라리 무지하
면 용감하여 별 생각 없이 살다가 닥치면 그만일 텐데, 너무 똑
똑하여 스스로 죽음에 대한 공포를 미리미리 키우고 있는 것은

아닐는지 하는 생각도 든다. 사실 아무 대책도 없는 데 말이다.

그렇지만, 언젠가는 다가올 내 죽음 앞에서 나는 조금은 대범해지고 싶다. 그래서 살아있는 지금, 그것과 좀 친해두고 싶은데, 내가 단 한 걸음이라도 가까이 가는 것은 여전히 어렵다.

강박예찬

강박이 나를 지켜주고 있다. 이렇게 얘기한다면 강박이 뭔지도 모른다는 핀잔이나 듣게 되거나, 강박의 정신적 심각성과 그 우려를 알지 못하는 무지한 사람이 되는 건 아닌지 모르겠다. 아니면 십중팔구는 강박에 관한 정신적 질환을 갖고 있는 사람이라는 얘기를 듣게 될지도 모른다.

강박증. 어떤 생각이나 감정에 사로잡혀 심리적으로 심하게 압박을 느끼는 상태라고 정의하는 이 증세는 그 정도가 깊어지면 심각한 정신적 질환을 가져온다고 한다. 주변에서 종종 볼 수 있는 현대인들의 공황장애라는 것이 두려움이나 공포 때문에 생기는 심리적 불안상태라고 한다면, 이것은 이러한 강박증에서부터 연유된다는 말이 타당하게 다가온다.

반면에, 작금의(복잡하고 소란한 사회 속에서 눈부신 문명의 혜택을 누리며, 동시에 문명과 인간과 그 관계간의 갈등에서 빚어지는 온갖 상처를 다 주고받으며 사는)현대인들이라면 거의 누구나 가지고 있을 수밖에 없는 현대병, 또는 도시문화병이 아닐까 하고 생각해 보지만, 이 역시 잘 모르는 소리일 것이다. 나는 이 분야에는 문외한이라서 무어라 할 말도 없지만, 나를 돌이켜보면 종종 그런 생각이 든다.

정신건강의학을 다루는 병원에 가 보거나, 담당 의사들을 만나서 얘기를 들어보면 강박증으로 인한 정신질환은 현대인들에게 꽤 심각하다. 또한, 거기에서 파생되어진다는 결벽증 역시 현대인들에게 상당한 정신적 고통을 주는 질환으로 많은 계층의 사람들에게 다양하게 퍼져 있으며, 그 형태나 정도의 차이도 참으로 다양하게 나타나고 있다는 것을 쉽게 알 수 있다.

똑같은 행동을 반복해대는 강박, 똑같은 말을 되풀이해대는 강박 …… 비누를 풀어서 샤워를 몇 번씩 해도 불결한 때가 벗겨지지 않는 것 같아 수십 번 샤워를 하다가 온몸의 살갗이 다 벗겨져 결국 피부감염으로 사망하고 말았다는 어느 미국인의 이야기를 들으며, 그 무시무시한 강박증과 결벽증이 서로 어우러지면 그 사람의 뇌에는 금이 가고, 사고방식에는 파열이 생기며, 일상생활과 대인관계는 서서히 망가져가고 말 것임은 불 보듯 뻔한 일로 보인다.

더 놀라운 것은 치료를 받아야 하는데도, 병원 근처에는 얼씬도 하지 않고, 버젓이 잘 돌아다니며 생활하고 있는 잠정, 또는 기왕증의 환자들이 주변에 너무나 많다는 것이며, 그들의 대부분은 증세가 더 악화되기 전에, 병원에 속히 가서 치료를 받아야 하는 사람들이라는 것이다. 그들 중의 상당수가 매스컴에 종종 보도가 되는 그러한 사회적, 인간관계적 갈등과 문제를 일으키는 사람들일 수도 있다. 문제는 나도 분명 그들 중의 한사람이라는 것, 그러면서도 남들은 전혀 눈치 채지 못하고 있다는 사실이다.

지나치게 역설적인 표현인지는 몰라도, 나는 그러한 강박이 어느 정도 우리들을 정신적으로 지켜주고 있다고 말하고 싶다. 이는 이 사회에서 생겨나지 않을 수가 없는 사실적이고 현실적인 사회적 현상이 아닐까 한다. 더 나아가, 필요악이라고까지 주장하고 싶어진다. 병적인 사회이니, 외로운 문명이니 하는 어려운 담론을 꺼낼 입장도 아니고, 그에 관한 지식도 별로 없어서 깊이 있게 말할 수는 없어도 현재 우리가 살고 있는 이 사회가 분명 우리들에게 정신적으로, 심리적으로 심한 억압을 주고 있음은 틀림이 없는 사실이다.

이러한 사회에서 살아가려면 그 누구나가 다 자기가 속해 있는 사회의 각 분야에서 심적 압박을 받아야 하고, 견뎌야 하고, 또 타인에게 주어야 한다. 본의든, 아니든 그렇게 되어 있는 것이 다양한 이해관계가 얽히고설킨 이 복잡한 사회의 구조적 현실이다. 그래서 백퍼센트에 가까운 무결점의 사람은 결코 살 수가 없게 되어 있는 것이 이 사회일지도 모른다. 어느 정도는 오염이 되고, 어느 만큼은 찌그러지고, 어느 한곳은 비뚤어져 있어야 견뎌낼 수 있는 것이 이 작금의 시대라고 표현한다면, 너무 지나친 자학일까.

그러나 이제는 어느 정도의 강박이 필요하게 되어버린 사회로 우리는 이미 들어와 있다. 어느 정도의 강박증이 내 마음 속에 떠다니고 있으면서, 때로는 그것을 즐기며, 그것과 공생해나갈 수 있어야 마음의 큰 상처 없이 이 복잡한 사회생활을 해나갈 수 있을 것이다. 강박이라는 것이 우리 정신세계의 독소임에는 의심이 없는 것이고, 정신질환의 요소로 점점 커져가는 불량한 것임에는 틀림이 없지만, 한편으로는 그 강박의 박편들이 모여서 이 어지럽고 현란한 사회 속에서 나를 버티게 해주는 묘한 버팀목 역할의 하나를 하고 있다는 것 역시 분명한 사실이 아닐까 하는 생각을 해보게 된다.

미리미리 친해둔 어느 정도의 강박증은 향후에 그와 비슷한 더 큰 장애와 고통이 닥치더라도 덜 아프게, 조금은 잘 견디게 해주지 않을까 하고 생각한다면 그것은 너무 지나친 상상일까. 물론, 정도의 한계가 있을 것이고, 그것을 넘어서면 심각한 병이겠지만, 이 현대사회를 살아가는 모든 구성원들에게 어느 정도는 필요한 악이지 않겠는가. 심각한 강박에 대한 사전 면역이 넉넉히 필요한 시대에 우리는 이미 들어와 있는 것이다.

석양의 무법자, 총을 내려놓고

"쳐다볼수록 눈이 시려서 두 눈이 다 감기고야 말겠다. 내가
더 이상 너를 쫓다가는 눈이 멀고야 말겠다. 수평선에 기우는
어스름 속에서 너는 그것 때문에 더욱 빛나서 이렇게 바닷물을
붉고 노랗게 색칠하고, 그것도 부족해 그것들을 울렁이게 하는
구나. 어느 파도는 바위에 제 몸을 부딪쳐 올라 너를 사모하고,
어느 파도는 모래에 제 살을 깎아 사랑의 피를 보여주는구나.

이 세상을 어떻게 살아왔어야 그렇게 곱게 채색하여 눈부신
모습이 되는 것인가. 아픔을 보고 손짓하기에 그렇게 되는 것
인가. 아픔이 가득한 삶을 살았기에 그렇게 되는 것인가. 그 삶
의 모든 경험을 색으로 바꾼다면 그렇게 현란한 색깔이 되어 그
옷을 입고 말없는 웃음으로 타오르는가. 화려한 것일수록 그
뒷자락이 외롭고 쓸쓸하고, 조용한 미소 속에는 항상 아팠던
그 무엇이 있다고 믿는 것은 나의 잘못된 생각인가."

이제 사람들은 귀가하려고 한다. 오늘의 일을 잘했든 못했

든, 대부분 미련과 아쉬움을 가지고 돌아가려고 한다. 누구는 친구를 만나러 가고, 누구는 혼자 강변을 걸으며, 제 길도 돌아보고, 다른 사람의 길도 돌아보려고 애를 쓴다. 어떻게 해도 안도감은 쉬이 오지 않고, 하고 싶은 것을 해봐도 항상 아쉽고 부족한 상태로 각자 어디론가 가게 되는 것이다. 그때에 이 석양은 내려온다. 모자라는 그 무엇을 채워주려는 듯 석양은 그림처럼 내 눈앞에 깔리는데, 나는 잠시 길을 잃어버리고 만다.

삶은 고해다. 모건 스캇 펙은 『아직도 가야 할 길』에서 첫말을 이렇게 꺼냈다. 우리에게는 아직도 가야 할 길이 있다면서 그는 그렇게 말했다. 그렇다. 촌철살인의 그 말. 우리는 모두 고해를 헤엄치고 다녔다. 두 팔과 다리가 퉁퉁 부어도 쉴 시간이 없이 이리저리 헤엄치다가 정 고단하면 아무 바위 위에 잠시 기대어 쉬었을 뿐, 또다시 물에 뛰어들어야 했다. 멀리 간 사람, 못 간 사람, 너무 멀리 간 사람, 출발도 못한 사람, 길을 잃고 되돌아가는 사람, 기어이 익사하고 만 사람 등 많은 아픔들이 뒤섞이고 있을 때, 기쁨은 그 뒷자락에 조용히 있었으며, 석양은 그 모습을 말없이 내려다보다가 눈부신 아름다움으로 우리 모두를 덮는다.

아무런 차이가 없다. 그 삶의 바다 위에서 어떻게 왔든 갔든, 어디까지 갔든 못 갔든, 저 하늘에서 보면 다 같은 모습이다. 누군가 죽었든 살았든 마찬가지이다. 그래도 열심히 움직이며 사는 사람들에게 석양은 따뜻할 것이고, 그렇지 못한 사람들에게는 서늘할 것이다. 그렇게 생각하고 사는 것이, 삶은 고해이지만, 그래도 살 만한 인생이라고 우리는 믿는다.

등 뒤에서 아이들의 웃음소리가 들린다. 고개를 돌리지 않아도 아이들의 기쁜 마음이 느껴진다. 커서 의인이 되어라, 나도 모르게 이렇게 중얼거리게 됨은 내속에 웅크리고 있던 어떤 슬픔 하나가 사라져서인가, 기쁨으로 바뀌어서인가.

사람들은 누구나 심장 부근에 모래가 가득한 작은 오자미들을 여러 개 달고 산다고 한다. 그것들을 평생 달고 살다가 이 세상을 떠난다고 하는데, 그때 즈음이면 과연 그것은 어떻게 되는 것일까. 쇳덩이처럼 더욱 무거워지거나, 장바구니처럼 더 커지거나, 포도알처럼 더욱 많아지는 것은 아닐까.

살아가는 일, 죽어가는 일, 그 사이에서 우리는 어디론가 가고 있다. 한참을 가다보면 가지 말아야 할 길이고, 한참을 가다보면 이미 갔던 길이다. 그러나 길을 갈 때에는 그것을 알 수 없다. 죽어가는 길로는 가고 싶지 않지만, 그것을 알 수 없다.

길은 그저 멀고 희미할 뿐이다. 다만, 그 길이 끝나지 않았으면 좋겠다는 생각뿐이다. 그렇게 걸으며, 눈부신 석양이 내 앞에 내려오기를, 나의 지친 몸과 마음을 열고 들어와 나대신 나를 인도하기를 바라며, 거추장스러운 무장을 다 해제하고, 빈손

마저 다 내려놓고 나는 가고 싶다.

　사람들이 잘 보이지 않는다. 그들이 있었던 공간을 바람이 휘돌아나가고, 석양이 두터워진 옷을 입고 강물 위에 쏟아진다. 이제 강 건너 멀리 보이는 건물의 불빛마저 보이지 않게 될 때, 나는 눈을 감고 말 것이다. 그러나 그것은 종말을 뜻하는 것이 아니다. 오늘의 마감일 뿐, 내일은 내일의 불빛이 다시 켜질 것이며, 그 빛 사이로 길은 또 열릴 것이다. 아이들의 웃음소리가 고해를 가로질러 내일의 석양에 도달할 것이다.

진흙 속에서 피어나는 연꽃처럼

  꽃도 봉오리에서 막 피어났을 때가 가장 보기 좋고 아름다운 것처럼 수명이 있는 것들은 역시 젊었을 때가 가장 아름답다. 동물 중에서는 사람이 가장 그렇다. 나이가 들면 아무리 꾸며도 그 현재의 모습을 근본적으로 감출 수는 없다. 세포 하나하나가 물이 빠져서 탄력을 잃고, 젊었을 때의 패기는 사라지고, 모든 것이 처지고 늘어지게 된다.

  청춘도, 젊음도, 욕망도 한때인 것이다. 그렇다고 늙음을 한탄할 필요까지는 없다. 나이 들어서 더 멋있어지는 사람들도 많다. 젊었을 때에는 좀 가벼워 보이고 연약해 보이다가도 어느 정도 나이가 들면, 중후하고 점잖고, 삶의 중심도 잡히고, 믿음직하게 보이는 경우도 많다. 오히려 나이가 멋진 연륜으로 쌓여 신뢰감을 주는 것이다. 특히, 요즈음은 워낙 젊게들 사는 세상이라서 같은 나이라 하더라도 예전 같은 늙은이의 모습은 잘 보이지 않는다. 식생활도 좋아지고, 의학도 발달한 이유도 있겠지만, 긍정적이고 밝은 마음가짐에서도 그 원인은 있을 것이다.

그러나 지금의 늙음은 결코 예전의 그 젊음으로 포장되지는 않는다. 그것을 잘 받아들이겠다는 마음가짐이 무엇보다 중요하다. 그렇게 하면 점잖은 늙음을 오랫동안 잘 간직해 갈 수 있다. 그러나 노년이든 말년이든, 우리는 그때가 되면 모든 것이 힘들어진다. 정신적으로는 그 늙음을 받아들이기가 힘들고, 육체적으로는 내 몸 하나 관리하기가 어려워지는 것이다.

소설가 은희경은 〈유리 가가린의 푸른 별〉에서, 자신의 나이를 받아들이지 못한 채 늙어가는 사람들은 자기 연민이 많고 따라서 점점 고독해질 수밖에 없다고 했다. 늙어갈수록 고독해지지는 말아야 할 텐데, 여기에서 더욱 중요한 것은 그 나이에 무슨 생각으로, 무엇을 하는가 하는 것이다. 이는 어떻게 사느냐는 문제일 것이고, 이러한 생각과 실천이 그의 노년을 스스로 아름답게 꾸며갈 것인지, 힘든 세월에 질질 끌려갈 것인지를 결정하게 만듦은 자명한 일이다.

왕년의 세계적인 영화배우 오드리 헵번은 64년을 살았다, 요즈음으로 보면, 짧은 인생이다. 말년에는 유니세프 친선대사로서 아프리카 현지에서 어려운 아이들을 돌보며, 봉사활동을 했다는 사실은 익히 알려진 내용이다. 우리는 아프리카에서 헐벗은 아이들을 껴안고 찍은 그녀의 늙고 주름진 얼굴을 기억한다. 〈로마의 휴일〉이라는 영화에서 보여준 얼굴에 비하면, 한없이 퇴색해 버린 할머니의 얼굴이다. 그러나 〈로마의 휴일〉의 얼굴보다도 말년의 아프리카 어느 들판에서 본 그녀의 얼굴이 훨씬 아름다웠다.

많은 사람들이 이런 노년의 멋진 길을 걸어갔다. 그런 외진 곳에서, 이름도 없이 봉사활동으로 생을 마감한 사람들이 많다. 멋지게 늙으려면, 나이가 들어서라도 무엇을 해야 한다. 그러나 가계에 보탬이 되는 일, 즉 금전적 수입이 되는 일을 하기란 참으로 어렵다. 그 나이에는 불필요한 곳에 돈을 쓰지 않는 것이 돈을 버는 일과 마찬가지이다.

그동안 하지 못한 사회적인 활동을 하는 것이 좋을 것 같다. 어려운 이웃이나 아이를 돕는 사회적 봉사활동이 가장 바람직해 보인다. 아마 이는 현역에서 은퇴한 사람이라면 누구나 한번쯤은 가져보는 생각일 것이다. 그만큼 우리의 사회는 건강해졌다. 이런 봉사활동은 혼자서 하기가 어려운 만큼, 어느 단체에서, 조직적인 활동을 통하여 헌신하여도 좋을 것이다.

"걸레도 한때는 아름다운 꽃무늬로 수놓아진 천이었나니, 어느 것은 스무 살 물오르는 처녀들의 원피스로써, 또 어느 것은 겨울날 무릎 시린 어머니들의 내복으로써 제 할 일을 다 하고 버림받지 않았던가. 그러나 걸레는 낡고 퇴색한 세월의 뒤안길에서도 오직 남을 깨끗하게 만들기 위해 갈기갈기 자신의 몸을 찢고 있다. 걸레의 마음속에 피어있는 한 송이 아름다운 연꽃을 보자"

소설가 이외수의 감성 에세이집 『흐린 세상 건너기』 중 이외수의 '노트'에 실려 있는 내용이다. 걸레의 삶이란 이런 것이고, 걸레정신이란 이와 같은 것이다. 이러한 걸레의 진정한 마음속에서 우리는 아름답게 피어있는 연꽃을 볼 수 있는 것이다.

자신의 나이를 받아들이며 늙어가기, 걸레와도 같은 마음으로 이 사회의 어두운 곳 닦아내기, 그렇게 살아가기…… 그것은 곧 자연의 순리에 역행하지 않음을 뜻한다. 나를 자연의 움직임과 그 이치에 그대로 맡기고, 그 움직임에 따라 조용히 순종하는 것이다. 그러면서 나와 같은 길을 걸어가는 이웃사람들에게, 특히 어렵고 힘든 아이들에게 나를 다 열어 놓는 것이다.

그들에게 애써 나를 보여줄 필요는 없다. 내가 그들의 고락을 느끼려고 애쓸 필요도 없다. 내가 그들 옆에서 그들이 곧 나임을 깨닫는 것만으로 서로의 고락은 공유되는 것이며, 서로의 마음은 피와 땀으로 섞이게 되는 것이다.

백지장도 맞들면 나은 법인데, 그동안 이고지고 온 그 무거운 삶의 흙덩이를 맞들어 준다면 얼마나 고마운 일인가. 비록 힘이 없는 그들이지만, 그들 역시 내 삶의 무거운 흙덩이를 들어줄 것이다. 아무 가진 것, 보여줄 것이 없는 그들의 마음속에도 그동안 삶에 지친 나를 위로해 줄 수 있는 따뜻함이 있음은 분명한 일이다. 진흙 속의 연꽃들은 그렇게 핀다.

늦게 왔지만 마지막으로 가는 사람

새순이 제 때에 자라지 못하면 아픈 가시가 되고 만다. 이것은 순전히 내가 만들어 낸 생각이다. 만약 이렇다면 모든 식물은 제 때에 새순을 피워내려고 애를 쓸 것이다. 요즈음 같은 기상이변 때문에 새순이 제대로 자라지 못한다면 아름다운 식물은 가시로 덮인 가지를 달고 살아야 할지도 모른다. 우스운 개인적 상상이지만, 우주 만물은 각자 제 때에 해야 할 일이 있다는 생각에서 한번 상상해 본 것이다.

그 시기가 지나면 하지 못하게 되거나, 해봐야 별 볼일 없는 일들이 우리 주변에는 너무나 많다. 이는 어느 누구에게나 다 그렇다. 공부도 운동도 다 때가 있는 법이고, 사랑도 연애도 적절한 때가 있는 법이다.

칭찬이나 꾸중, 인사나 사과도 그때에 맞게 해야 효과가 있는 법이다. 그 시기를 놓치고 하게 되면, 효과는 반감되거나 오히려 생뚱맞게 되어 의도치 않게 부작용을 낳는 경우도 있다.

이렇듯 모든 일에는 다 때가 있는 법이다.

돌이켜보면, 나는 살아오는 과정의 그때그때마다 해야 할 일을 제대로 하지 못했다. 그 시기를 놓친 것이 하나 둘이 아니다. 무얼 좀 해보려고 하다가 그만 시간이 지났으며, 아예 생각도 못 해본 어떤 것이 한참 시간이 지난 후에 생각이 나서 후회를 했으며, 학생일 때 어른 같은 생각을 했고, 어른일 때 애 같은 생각을 하곤 했다. 그러니 내 인생에서 뭔가가 잘 풀려나갈 수가 없었다.

쾌활해야 할 때 우울했으며, 웃어야 할 때 울었고, 분노해야 할 때 침묵했으며, 조용해야 할 때 소리 지르며 아우성을 쳤다. 길을 건너야 할 때 서 있었으며, 서 있어야 할 때 길을 건너려고 우물쭈물 했다. 물론, 세상을 살다보면 그때에 해야 할 일을 그때에 맞게 척척 해나갈 수는 없겠지만, 그렇게 하려고 노력이라도 해왔다면, 남다른 자신감과 스스로의 자존감으로 나름대로 자기 길을 활보해 나갈 것이 아니었겠는가.

2%가 부족한 것이 아니라, 20%가 부족한 삶을 살고 있다는 생각은 오래 전부터 가지고 있었지만, 지금 어떻게 할 방법은 뚜렷이 없다. 이제부터라도 그때그때마다 해야 할 일을 열심히 해나가며 사는 것 외에는 무엇이 더 있겠는가마는, 그것이 정확히 무엇인지, 또 예전처럼 뭔가가 그냥 지나가고 있지는 않은지 고민은 하게 된다.

별 생각 없이 살다보면, 별 볼일 없는 인생의 흔적만 흐릿하게 남게 될 것임은 불 보듯 뻔한데, 그렇다고 무엇을 무리해서 할 수도 없고, 내 힘에 겨운 일을 밀어붙여본들 그렇게 원하는 대로 되지도 않는 것이 우리 인생이다. 그렇지만 지금의 내 시기에 해야 할 일은 분명히 있을 것이다.

그것이 무엇일까. 그것을 확실히 찾아내는 것처럼 중요한 것은 없다. 개인적으로 보면, 향후 내 인생의 향방이 걸린 문제이고, 국가적으로 보면 국가의 운명이 걸리는 문제이다. 모두 미래에 대한 좌표를 찍어가는 일이요, 그에 따라 진행하는 방향이 왔다 갔다 하게 된다.

이 위기의 시대에 우리는 지금 무엇을 할 것인가? 이렇게 크게 과제를 잡고 나면, 4차 산업혁명이 어떻고, 인공지능이 어떻고, 정보기술이 어떻고, 줄기세포가 어떻고 등 너무나 어렵고 힘든 바다에서 허우적거릴 수밖에 없게 된다. 가뜩이나 골치가 아픈 세상인데, 더 골치를 앓아야 하는 현실 앞에 주저앉게 되는 것이 우리이기에 다른 것은 다 던져버리고, 내가 지금 할 수 있는 가장 작고 적합한 일로 국한시켜서 나를 들여다 볼 필요가 있다.

중년을 넘어 노년으로 가는 입구를 서성이고 있는 나는 이제 그것답게 살아야 한다. 우선은 젊은 것처럼 까불고 설쳐대서는 안 되고, 너무 늙은 것처럼 비굴해지거나 초라해져서도 안 될 일이다. 목욕을 자주 하여 몸의 냄새를 없애야 할 것이며, 기침을 할 때 작은 소리로 해야 하고, 부득이하게 하게 되면 팔 안쪽으로 입을 막아야 할 것이다. 남의 얘기를 들을 때에는 귀를 더욱 쫑긋 세워야 할 것이고, 너무 크게 얘기하지 말아야 할 것이며, 소리를 내면서 하품을 하지 말아야 할 것이다. 걸을 때에는 턱을 목 쪽으로 단단히 당겨서 고개를 바로 세우고, 양어깨와 허리를 최대한 펴야 할 것이다.

사실 이런 것들은 내가 하여야 할 행동의 거죽일 뿐이다. 더욱 중요한 것은 내 마음 속의 일이다. 그것은 다름 아닌, 역시 자아실현에 관한 일이 될 것이다. 너무나 유명한 매슬로우의 인간욕구 5단계 이론에서 자아실현 욕구는 최상위의 단계이다. 그러면 나는 다른 욕구는 다 성취가 되었고, 오직 자아실현에 대한 욕구만 남아 있는 것인가. 반드시 그런 과정을 다 거쳐서 간 것인가.

매슬로우는 죽기 전에 자기가 제시했던 5단계 욕구설의 피라미드가 뒤집어졌어야 맞았다고 했다는 말이 있다. 이는 자아실현의 욕구가 인간의 가장 원초적인 욕구라는 점을 시인하는 말로도 들린다. 그동안 사회가 변해도 너무 많이 변했다. 그 당시보다 경제적으로나 문화적으로 너무 풍요로워지고 다양해져 있는 요즈음 시대에는 그럴 수도 있을 거라는 생각이 들기도 한다.

어느 단계의 욕구가 채워졌다고 해서 그것이 그쳤다고 말하는 것은 상당히 어려운 일일 수도 있다. 욕구는 반복적으로, 그리고 동시다발적으로 생겨날 수 있기 때문이다. 다원적이고 다양한 현대사회를 살아가는 사람들의 자아실현 욕구가 언제 완성이 될 수 있을 것인지, 그것을 자신 있게 얘기하는 것은 그 누구에게도 어려울 일이 될 것이다.

저명한 심리학자요, 철학자인 매슬로우의 이론을 판단하고 평가할 생각은 추호도 없다. 그럴 만한 능력도 없고, 실력도 물론 안 된다. 다만, 살아가는 데 있어서 사람의 행동은 어떤 욕구에 의한 것일 텐데, 그것이 그 나이와 상황에 걸맞은 정상적인 것이기를 바라는 마음에서 생각을 잠시 해본 것뿐이다. 이론이라는 것도 사회의 변화에 따라 어느 정도는 변할 수밖에 없는 거겠지만, 아무튼 지금의 나의 자아실현 욕구는 내 인생에 있어서 중요한 사안이 아닐 수 없다.

우리는 한번인 삶을 잘 살아가야 한다. 건강한 생각으로 건강한 삶을 살아야 다른 사람들에게 병을 끼치지 않는다. 비록 젊었을 때 출세를 하지 못하고, 남부러운 멋진 삶을 살지 못했어도, 한때는 그런 것들 때문에 마음의 병을 안고 살았어도, 지금 이 자리에 우리들은 이렇게 살아가고 있는 것이다.

그런 아쉬움과 미련은 누구에게나 다 있는 법이다. 나보다 더 많고 깊은 가슴앓이를 하며 사는 사람도 수없이 많으며, 그들 역시 지금 내 옆에서 열심히 살려고 애쓰고 있다. 후회와 반성과 아픔과 고통, 그런 것들이 없었다면, 모든 것이 다 행복이고 기쁨이었다면 인생은 너무 싱겁지 않겠는가. 우리 모두는 그런대로 다 열심히 잘 살아오고 있다. 그런 생각이 서로 어우러질 때, 이 시끄럽고 복잡한 세상은 조금은 살 만한 곳이 된다. 서로가 서로에게 그러한 희망을 보여줄 수 있다는 노력이 필요하다.

그러한 노력으로부터 또 다른 나의 자아실현을 위한 시작의 길이 열린다. 이러한 노력은 나이에 관계없이 지속되어져야 한다. 누구나 그래야 한다. 우리의 삶이 이어지는 한, 우리는 멋지고 아름다운 내 소망의 구체적 실현을 위하여 높은 하늘을 바라보고, 스쳐가는 바람을 느끼며 길을 걸어야 한다. 내가 지금 어디쯤 가고 있는지, 나는 어디에 있으며 내 주변은 지금 어떠한지, 그것들을 객관적으로 바라볼 수 있어야 한다. 나무도 보고, 숲도 보아야 한다. 그것이 바로 내 자존감을 잘 지켜나가는 일이 될 것이며, 그 자존감을 잘 지켜간다면 건강한 나는 건강한 사회를 만들어 나가는 소중한 구성원이 될 것이다.

우리 모두는 늦게 왔지만, 할 일을 다 하고 마지막으로 가는 그런 사람이 되고 싶은 것이 아니겠는가.

길고도 깊은 잠

겨울이 지나면 봄이 오고, 만물이 그 움직임을 시작한다. 춥고 긴 겨울을 잘 견디고 이겨낸 것들은 서서히 태동을 시작하지만, 그렇지 못하고 겨울 사이에 조용히 가버린 것들도 있다. 그들은 아무도 모르게 혼자만의 고통을 겪다가 다시 오는 봄을 맞이하지 못하고 어두운 침묵 속으로 가버린 것이다. 차갑고 냉정했던 세계가 가고, 따뜻하고 싱그러운 세계가 다시 지상에 그 모습을 드러내면서 살아남은 것들은 기지개를 켜고 제 삶을 다독거린다.

생물의 삶이라는 것은 끝없는 반복과 순환 속에서 적응하고 변화하고, 도태되고 사라져간다. 무생물 역시 그러한 반복과 순환 속에서 존재하다가 사라진다. 지구의 역사를 비롯한 온 우주의 역사가 그러한 크고 작은 것들의 변화와 움직임 속에서 꾸준히 이어져 왔듯이, 앞으로도 그렇게 이어져 갈 것이다. 큰 변화나 이상이 있다 해도, 우리가 상상하지 못하는 엄청나고 어마어마한 대이변이 있다 해도 역사는 결코 단절되지 않을 것 같다.

핵전쟁이 터지고, 온 땅과 바다가 오염이 되고, 만물이 다 사라지고 이 땅덩어리가 두 쪽이 난다 해도 생물과 무생물의 존재는 어디엔가 남겨져 있거나 살아갈 것으로 보인다. 그 이어짐이란 우리가 좋고 싫어서, 끊고 잇고 할 수 없는 것이다. 우리가 아니라면 다른 그 무언가가, 인간의 힘이 닿지 못하는 어떤 존재가 그것을 하지 않겠는가. 이 땅에 다시 빙하기가 오고 중생대가 온다면 공룡이나 시조새가 모습을 드러내고, 맨발의 사람들이 숲속을 이리저리 뛰어다니며 짐승을 잡아먹고 살아야만 하는, 우리는 그런 현실 앞에 다시 설 수밖에 없을지도 모른다.

아무튼 봄이 오고 있는데, 나는 아직 잠에서 깨어나지 못하고 있다. 비린내 나는 이불을 박차고 일어서는 것이 잠에서 깨어나는 것은 아니다. 창문을 열고 봄의 활기찬 기운을 듬뿍 들이키는 것이 잠에서 깨어나는 것이 아니다. 어떻게 하는 것이 잠에서 깨어나는 것인가. 이 길고도 깊은 잠에서 깨어나려면 나는 어떻게 해야 하는 것인가.

인생이란 다람쥐 쳇바퀴 돌듯 지루하게 반복되는 거라서 사실 무료하기 짝이 없다. 어느 지나간 유행가의 가사처럼 사는 게 무엇인지 생각하다보면, 인생은 그저 잡지의 표지처럼 통속하다는 어느 시구가 가슴에 와 닿는다. 이러한 생각은 나보다 훨씬 전부터 있었으며, 앞으로도 계속 그럴 것으로 보인다. 인생이란 그렇게 낡고 무료하여 점점 우리들을 지쳐가게 만드는 것일까. 만물이 스프링처럼 튀어 오른다는 봄에 왜 우리는 그런 생각에 빠지게 되는 걸까. 드디어 따뜻한 봄이 왔다는 안도감 때문에서일까. 그것은 춥고 지루한 겨울이 지나고, 다가오는 나른한 봄의 기운 속에 우리의 만성적인 태만이 슬금슬금 피어오르기 때문일지도 모른다.

공연히 여기저기 몸이 쑤시고, 자꾸만 눕고 싶어진다. 기온은 오르고 점점 포근해지는데, 몸과 마음은 점점 늘어진다. 어떻든 여기를 벗어나 산이나 들로 나가면 기분은 훨씬 좋아지고 나아질 것이 분명하지만, 생각만 그렇다. 그것조차 귀찮아져서 몸을 일으키기가 싫어진다. 게을러지고 싶은 것이다. 아마 힘든 겨울을 잘 지내왔다는 자위적 생각에서의 어리광 같은 행동일지도 모르겠다.

그래서 차라리 조금 더 겨울이었으면 좋겠다는 생각을 하기도 한다. 깊은 굴속에 웅크린 곰처럼 계속 꿀잠에서 깨어나지 않았으면 하고 투정을 부리는 것은 아마 나같이 극히 평범한 사람의 게으른 생각에서일 것이다. 새로운 것을 맞이한다는 변화와 기대감은 설렘과 흥분으로 들뜨게도 되지만, 또 그만큼의 환경변화에 대한 부담감과 역시 무료하게 반복될 것이라는 생활에 대한 선험적 생각으로, 나 자신과 그 주변을 살피게 되는 것도 사실이다. 그래서 용기가 없거나 도전적이지 못한 사람들은 이불을 박차고 나오기를 주저한다. 전형적인 나의 모습이다.

겉과 속을 까뒤집고 싶다. 우선은 내 마음을 까뒤집어 이 따사로운 봄 햇살에 널어 말리고 싶다. 몸도 자꾸 움직여야 한다. 병에 걸리면 몸을 뒤집고 싶어도 그렇게 할 수가 없다. 몸을 움직이고, 거꾸로 서 보고, 이리저리 뒹굴어야 한다. 살아있다는 모습은 그런 것이다. 계속 겨울이었으면 좋겠다는 그 생각을 뒤집으려면, 내 몸과 마음을 그렇게 뒤엎는 수밖에 없다.

계절의 변화가 주는 신선함, 다채로움, 그리고 그에 대한 기대감은 살아있는 것들에게 무엇인가를 생각하지 않고는 못 배기게 만든다. 청춘은 사랑을, 가수는 노래를, 독재자는 독재를 생각하고 고민하게 만든다. 아무튼 우리는 이 봄에 물구나무서기라도 한번 해보아야 할 것이다.

금슬의 미학, 남겨지는 슬픔

화장지라는 말보다 크리○○가 먼저 떠오르고, 일회용 반창고보다는 ○○밴드, 하고 말하게 되는 것은 지속적인 상업광고의 효과일 것이다. 잉꼬 하면 사이좋은 부부의 모습이 떠오르는 것은 이러한 광고 덕분은 아니지만, 잉꼬라는 새는 금실 좋은 부부의 상징처럼 되어 있다.

한번 짝이 맞춰지면 누구 하나 죽을 때까지 바꾸지 않고, 사이좋게 살아가는 새로 두루 알려져 있는 잉꼬. 사실 이것도 오래 전부터 들어온 이야기이지, 직접 확인해 본 적은 없어서 장담할 수는 없지만, 아무튼 잉꼬는 암수가 짝을 잘 이루어서 사이좋게 사는 새임은 확실한 것 같다. 암수가 늘 같이 붙어 다닌다고 하는 원앙도 마찬가지이다.

두루미라든가, 갈매기, 너구리, 펭귄 등도 한번 짝을 이루면 결코 바꾸지 않고 평생을 살아가는 동물에 속한다고 한다. 종종 우리는 텔레비전 화면을 통하여 매서운 눈보라가 몰아치는 남극의 허허벌판 위에서 서로 어깨를 맞대고 꼼짝 않고 서 있는 두 마리 펭귄의 뒷모습을 보곤 한다. 한 쌍씩 짝을 이루어 서 있는 그 모습이 그렇게 외롭고 불쌍해 보이지 않을 수가 없다. 그들은 분명 부부임에 틀림없다. 그래서 그 모습이 더욱 정겹고 안쓰러워 보인다.

끝도 보이지 않는 그 얼음 벌판 위에서 밤이고 낮이고 눈보라는 몰아치는데, 의지할 곳이라곤 너와 나밖에 없다는 무언의 강력한 삶의 의지가 그들을 한몸으로 꼭꼭 묶어서 꼼짝 않고 선 채로 혹한의 고통을 견디어 나가게 하는 것이다. 그 모습을 보고 있노라면 가슴이 뭉클해진다.

기러기도, 늑대도 한번 짝을 이루고 나면 웬만해서는 자기 짝을 버리지 않는다고 한다. 아마 한쪽이 죽어야 다시 짝을 찾지 않을까. 아니 한쪽이 죽으면 평생 홀몸으로 살아가기도 할 것이다. 짝 잃은 외기러기라는 말이 그래서 나온 것이 아닐까 싶다. 늙은 늑대 한 마리가 어두운 산속을 혼자 헤매며 울부짖는 것도 그런 이유 때문이 아닐까. 자기 짝을 잃어버리면 평생을 혼자 외롭게 살아가는 습성 때문이 아닐는지.

그 점에서만 비한다면 사람은 참 못난 존재이다. 한번 맺은 부부의 인연에 대해서는 무슨 일이 있어도 그 신의를 지키려고 하는 그들의 모습이 우리에게 주는 시사점은 참으로 크기 때문이다. 특히 요즈음같이 배신이 판치는 부부사이에서는 더욱 그렇다.

평생의 반려자라는 약속을 하고 살아가다가 누구 하나 먼저 세상을 떠나면 다시 새 짝을 찾으려 하는 것이 인간사회의 현실인 지금, 물론 내가 죽더라도 다른 사람하고 새살림 차리지 말고 내 생각하며 혼자 살아가라고 사전에 약속은 안 했겠지만 (혹여 약속을 했다고 해봐야 지켜질지는 모르겠지만), 그러든 어떻든 그런 경우를 보면 마음 한쪽이 씁쓸해지는 것이 사실이다. 나이가 많이 들어서 말년에 혼자가 되었다면 여생을 혼자서 보내는 경우가 많겠지만, 그런 경우가 아니고서는 혼자 독수공방하기란 여간 어려운 일이 아니기도 할 것이다.

똑똑하고 현명한 인간에게 스스로 찾은 외로움이 아닌 불의의 외로움은 견디기 힘든 것이 현실인데, 어느 것이 더 나은 삶이며, 바람직한 것이냐에 대한 답은 아무도 자신 있게 할 수 없는 것 역시 현실이다. 의로움, 절개 등은 시대와 상황에 따른 별개의 문제가 될 것이고, 누가 감히 무어라 하겠는가, 동물보다 똑똑한 것이 인간일 텐데 ……

살면서 반려자를 잃었을 때, 그냥 혼자 살아가는 것이 좋으냐, 새 반려자를 찾는 것이 좋으냐에 대하여 왈가왈부할 수 있는 일은 결코 아니다. 덕의 기준이, 군자의 길이 어떻고 하는 것은 조선시대에서나 다뤘던 이야기이지, 현대사회는 각자의 상황과 판단에 따라 하면 되는 것이다. 각자의 행복에 대한 척도와 삶에 대한 가치기준이 다르기 때문에, 누가 나서서 뭐라고 할 사안이 아니다.

우리 주변 누군가가 살면서 그럴 상황에 처해졌을 때, 혼자 쓸쓸히 남아 있는 모습을 보게 될 경우에, 먼저 길을 떠나간 사람에 대한 그리움을 간직한 채 홀로 살아가야 하는지, 마땅한 결론을 낼 수는 없지만, 이런저런 생각은 많아진다.

오늘 청계천 평화시장에서 만난 잉꼬들을 보며, 어느 집으로 팔려나갈 그 한 쌍의 다정한 모습이 바로 우리의 모습으로 우리 삶의 말년까지 행복하게 그려져 갔으면 좋겠다는 생각을 해보았다. 혼자 남아 살든, 새 배우자를 만나든 이제는 그 도덕적 가치의 잣대를 일률적으로 들이댈 수 없는 이 시대에, 이왕 만난 거 둘이 행복하게 오랫동안 같이 살았으면 좋겠다.

아무튼 살다가 누군가가 먼저 세상을 떠나게 되면, 다시 새로운 짝을 찾아 사는 것이 사회의 당연한 질서나 미풍양속이 되는 시대는 오지 않았으면 좋겠다.

다양성을 인정하자

우리 인생살이에서 다툼이 없다면 많이 싱거울 것이다. 목숨을 건 전쟁이나 전투가 아닌, 인간관계나 상호 이해의 얽힘 때문에 생긴 다툼은 그렇게 심각한 수준의 싸움이 아니라면 서로 간에 한걸음 더 성숙해지는 데에 기여하는 바도 있지 않을까. 그렇게 생각하자면, 살면서 가장 다양한 다툼을 하는 사이가 바로 부부가 아닌가 한다. 이 다양함이라는 표현에는 소소하다는 뜻이 가장 많이 포함되어 있음을 양해해 주시기 바란다.

아무래도 결혼 전에는 서로의 약점이 잘 안 보이고, 설령 보인다 해도 그것이 좀처럼 약점으로 판단되지 않는다. 세상말로 눈에 뭔가가 씌워져 있으니 그럴 수밖에 없다. 그러나 꿈같은 연애기간이 지나고, 드디어 결혼을 하고, 하루 이틀 같은 이불을 덮고, 같은 밥상에 앉고 하다 보니, 이제 슬슬 서로의 단점이 보이기 시작하고, 그것들은 서서히 다툼의 소재로 부각된다. 과거 수십 년을 서로 다른 환경에서 서로 다른 성격과 습관과 사고방식으로 살아왔으니, 한 사안에 대하여 나와 다른 그것들이 처음에는 흥미롭게 보이다가 기어이는 다툼의 소지를 제공하고 마는 것이다.

이 세상에 다툼 없는 조직이 어디 있겠냐마는, 부부처럼 아주 강하고도 아주 쉽게, 또 아주 심각하다가도 아주 허망하게, 또 그렇게 반복되는 다툼은 없을 것이다. 이런 저런 일로 다퉈 나가다가 서로를 좀 더 잘 알게 되고, 몰랐던 부분도 이해를 하려고 들면, 물론 다툼은 좀 사그라지기는 한다.

그러다가 아이가 생겨나고, 또 아이 양육 문제 등으로 새로운 다툼이 생겨나서 수면 아래 있던 갈등도 다시 모습을 드러내 서로 간에 기분이 상하기도 하는데, 그야말로 주변의 모든 것들이 다툼의 소재가 되어버린다. 이때쯤이면, 처음에는 아주 평범하게 서로 웃으며 좋은 대화로 시작했는데, 결국 다툼으로 끝나버리는 허망한 일도 왕왕 있기 마련이다.

부부의 다툼에 대해서는 워낙 많은 사람들의 사례가 있어서 몇 가지 얘기로 대신할 수 없을 정도이다. 부부라고 하는 묘한 공동체의 다툼은 현실싸움에서 시작하여 감정싸움으로 가는 것이 대부분이어서 천성적으로 감정이 풍부한 여자들이 십중팔구 승리하게 되어 있다. 누가 옳고 그르든 마침내 우는 사람이 승리하는 경우도 그런 것이다.

그런 다툼은 단지 부부라서 그럴까. 아닐 것이다. 회사, 학교,

동네 조직, 어느 친목회, 나아가 국가, 국제사회 등 인간이 만든 모든 조직에서는 아무튼 그런 다툼이 서로 간의 이해관계와 의사소통 방식에 역류되어 벌어지고 있다. 분명히 다투거나 싸워서 정리해야 할 일도 있다. 그런 일은 반드시 그렇게 해야만 한다. 사회정의를 위하여, 공공의 안녕과 질서를 위하여, 존재의 떳떳함을 위하여 어떤 대가를 치루더라도 꼭 다투어야 하는 것은 그렇게 해야 한다.

우리 인간의 역사는 그러한 크고 작은 다툼의 역사로 점철되어 왔다고 해도 과언은 아니다. 대의명분을 위하여, 명예를 위하여, 국가와 내 주변 사람들을 위하여, 무엇보다도 내가 살기 위하여 투쟁하고 서로 다투었다. 누가 맞고 틀렸는지는 후세의 역사가 판단하는 대로 맡길 수밖에 없겠지만, 반드시 상대방을 거꾸러뜨려야만 하는 그런 싸움을 떠나 이제 우리는 나의 다툼에 대하여, 그 받아들이기 힘든 다툼의 원인에 대하여 나 자신을 한번 돌아볼 필요가 있지 않을까.

그것의 가장 중요한 돌아봄은 바로 나와의 다름을 인정하는 것이다. 나하고 다를 뿐인데 자꾸 맞다고 주장하며 나에게 들이대니, 나는 싸우지 않을 수밖에 없다. 또한 이러한 생각은 상대방에게는 또 다른 것이 되고 만다. 이것은 상대방을 이해하고 인정하려는 매우 중요한 나의 인지적 행동이다.

그래, 당신 의견이 나하고 다른 것이네. 나 역시 당신하고 다른 것뿐이야. 불의와 비정상이 아닌 이상, 이것은 다양성을 인정하는 것으로, 오히려 더욱 격려하여 다채로운 개성이나 창의성을 만들어야 한다. 이렇게 얘기하는 나도 사실은, 나하고 다른 그 무엇을 보면 우선은 그것이 그르다는 생각이 든다.

내가 먼저 생각을 바꾸어야겠고, 이것을 우리가 속해 있는 이 사회의 구성원 모두가 공감했으면 좋겠다. 한 조직 안에서의 다양함, 다채로움 등 서로 다름이 많이 있어야 그 조직은 건강하고 바람직한 것이다. 이 한 세상, 열심히, 올바르게 살아보겠다는 목적은 다 같지만, 그것을 찾아가는 방법은 그래도 다양해야 서로가 그것을 보고 느끼고, 바람직한 모습을 배우지 않겠는가.

강물에 비친 내 얼굴

바람이 많이 부는 날이다. 사람들이 머리를 숙이고 옷깃을 붙잡으며 걷고, 발 앞에 작은 모자 하나가 나뭇잎처럼 굴러가고 있다. 이렇게 강가에 나온 것도 참 오랜만이다. 강 옆에 살면서도 강가에 자주 나오지 못했다. 남들은 참 좋은 곳에 산다고 부러워들 하지만, 정작 나는 그러한 혜택을 누릴 만한 여유가 없었다, 아니, 그 정도 생활의 맛과 멋을 즐길 줄 아는 사람이 되지 못한 채 살아왔다.

마음만이라도 여유롭게 살자, 먼 곳을 자주 바라보자, 파란 하늘을 쳐다보고, 푸른 강물을 바라보고, 하늘로 비상하는 새들을 바라보고, 더 높이 날아 어느 먼 곳으로 무리를 지어 이동하는 철새들의 모습을 바라보자, 라고 스스로에게 얘기를 하며 지냈지만, 그저 지키지 못하는 약속으로 떠도는 공허함만이 있을 뿐이었다. 삶이 피곤할 때마다 이를 더욱 자주 되뇌었지만, 그렇지 못하고 살아가는 내 삶의 허전함만이 더 커갈 뿐이었다. 이는 그 누구의 책임도 아니고 핑계도 아닌, 오로지 나 자신의 태만과 나태함 때문이다. 그런 생각에 오늘 강가에 나와 있는 나를 돌아다보면 한없는 무력감에 빠지게 된다.

도대체 사는 것이란 무엇인가. 한바탕 선문답이라도 하고 싶은 오늘, 고개를 들면 흐르는 강물을 가로막듯 떡 허니 버티고 선 한강다리 시멘트 교각들이 눈에 들어온다. 자연과 인공이 서로 대립을 하듯 강물과 교각은 묵묵히 자신의 모습으로만 흘러가고, 또 서 있을 뿐이다. 나는 자연인가, 인공인가. 내 몸 속에는 어느 피가 흐르고 있는가. 이런 질문 앞에서 나는 참으로 난감해진다. 나는 자연이고 싶기 때문이다.

그래서 흐르는 강물은 나에게 편안하고, 서 있는 교각은 나에게 불편하게 느껴지는 것인가. 우리는 우리들의 편의를 위하여 자연의 순리를 너무 역행하며 살아왔다. 작게는 나 개인적으로, 크게는 국가적으로 너무 그렇게들 살아왔다. 몸은 아늑하고 편안해졌지만, 정신은 나날이 피곤해지고 피폐해졌다. 이런 우리들의 삶이 언제까지 지속될 것인가.

자연을 거스른 모습들은 우리 주변 어디에서나 볼 수 있다. 이제는 그것이 우리에게 너무 낯익고 편해서 그 누구에게나 아무렇지도 않다. 저 앞에 강물을 거스르는 교각의 버팀이 한없이 교만해 보인다. 어떠한 큰 흐름에 역행하는 것은 좋지 않은 것이다. 자연에 대해선 더더욱 그렇다.

다시 일어나 강가를 걷는다. 자전거를 탄 젊은 무리들이 내

옆구리를 스쳐 저만치 달아난다. 성별을 구분할 수 없는 일단의 젊음들이 힘차게 자전거 페달을 밟고, 검붉은 허벅지 근육들이 출렁인다. 삶의 모습은 저런 출렁임 속에서 뒹굴고 부딪치고, 때로는 아프게 터져서 눈물을 흘리며 굴러가는 것이다. 그렇다. 삶은 실전인 것이다. 우리 인생도 끊임없이 굴러가야 한다. 가야 할 길을 찾아서 가야 하는 그 길에는 적당한 쉼도 있어야 한다. 한없이 굴러 기어이 강물에 빠질 수는 없을 터, 가다가 어디에선가는 잠시 멈추어야 한다. 가다 서다를 반복하다가 또 언젠가는 완전히 멈추어야 한다.

폭우를 잔뜩 안은 먹구름 뒤에는 반드시 눈부신 햇살을 머금은 창공이 도사리고 있는 법, 우리 삶도 그런 반복의 과정을 거칠 텐데, 그 수많은 반복의 훈련과 인내하는 연습 속에서 드디어 내 허전함과 아픔을 생활의 기쁨으로까지 숙성시킬 줄 아는 자생의 능력을 갖게 되는 것이 아니겠는가. 그 정도는 돼야 인생은 아름답고 살 만하다고 얘기할 수 있을는지도 모르는 일이다.

강의 색깔은 검푸르게 바뀌어 있다. 검푸른 색깔은 우리를 두렵게 한다. 그 속을 더욱 알 수 없어 가까이 가기에 겁이 난다. 그러나 새들은 아무 두려움 없이 그 검푸름 위에 내려앉는다. 새보다도 덩치가 훨씬 큰 인간은 온갖 두려움의 뭉치이다. 원래 인간은 새처럼 자연이었는데, 문명 속에 살다보니 자연을 자꾸 버리고 자연과 점점 멀어지게 되었다. 그만큼 자연이 두렵게 된 것이다. 이제 우리는 비자연이고, 부자연스럽다. 우리는 이제 인공의 그 무엇이 된 것이다. 자기의 본 모습을 잃은 것들은 항상 가엾다.

어둠을 찢는 자동차 경적소리가 유난히 애처롭다. 자기 존재를 알리려는 몸부림이 안타깝게만 느껴지는 이 시간은 도시의 모든 사람들에게 저물어가는 '나의 외로움'을 안겨다 준다. 도시의 온갖 공해도 모두 자기 존재를 두루 알리고, 자기 방어에 충실하려는 모습이다. 그래서 연민의 정이 간다.

한참 걸어왔다. 잠시 강둑에 앉아 검게 변한 강물 앞에 쪼그려 앉는다. 검은 수면이 거울처럼 반짝거린다. 강물에 비친 내 얼굴이 이처럼 낯설어 보인 적도 없었다. 낯선 얼굴이 울렁거리는 마음처럼 찌그러진다. 많은 사람들이 이렇게 강으로 나와 울렁거리는 강물 위에 자기의 얼굴을 비춰 보았을 것이다. 그리고는 두 손으로 제 얼굴을 감싸고, 많은 생각 속에 잠겼을 것이다. 그래도 이 강물 위에 제 얼굴을 비춰본 사람은 그렇게 안 해 본 사람보다 훨씬 행복하다. 수많은 사람들의 얼굴을 담은 강물도 행복해 할 것이다.

이 한강이 하구까지 다 내려가면 북에서 흘러온 임진강과 만나 조강으로 흘러 서해 바다로 내려갈 것이다. 그것은 다시 대서양으로 흐르고, 태평양으로 흐르다가 하늘로 솟아 다시 비가 되어 이 한강으로 내릴 것이다.

II

고독한 안개 속으로

황순원의 나무들

1915년이면 벌써 백여 년 전이 된다. 그 한 해 전 제1차 세계 대전이 터져서 유럽은 화약 연기 속으로 침몰하였고, 한국 땅 대구에서는 독립운동단체인 대한광복회가 결성되었다. "시몬, 너는 좋으냐, 낙엽 밟는 소리가"로 유명한 프랑스 시인 구르몽 이 죽었고, 러시아의 음악가요, 대피아니스트인 리흐테르가 우 크라이나 땅에서 태어난 해였다.

그해 3월에 평안남도 대동군 재경면 빙장리에서 소설가요, 시인인 황순원이 태어났다. 대동강 이름에서 따온 대동군은 평 양과 가까이 있는 지역으로 빙장리는 나중에 그의 소설 『카인 의 후예』의 무대가 되는 곳이기도 하다. 황순원이라는 한국문 단계의 거목이 그곳에서 태어났다는 것은 두고두고 그 지역의 영광이기도 할 것이다.

황순원의 소설 작품들은 워낙 잘 알려져 있어서 여기에서는 그의 시를 중심으로 말해볼까 한다. 다만, 최근 우리 젊은이들의 고민과 방황과 좌절의 모습을 우연치 않게 보게 될 때, 나무들이 비탈에 서 있는 모습을 상상하게 되어 그의 소설의 제목을 떠올리게 되곤 한다. 물론, 소설 『나무들 비탈에 서다』는 6.25전쟁 속에서 위태롭고 불안하고 휘청거리는 젊은이들의 내몰린 삶을 그려낸 작품으로 지금하고는 너무나 달랐던 시대의 이야기이다.

동호, 현태, 윤구, 석기, 숙이라는 젊은 나무들…… 상처받을 수밖에 없는 그 나무들은 모두 자기 파멸의 길을 걷는다. 소설 속 주인공들은 각자 자기들만의 외롭고 고독한 세계를 걷는 것이다. 그들은 모두 비틀거리고 위태로운 모습으로 비탈에 겨우 겨우 서 있는 젊은이들이었던 것이다.

> 가로수 우울한 내 벗아
> 다시 매연 섞인 햇볕이라도 받아들여
> 더러워진 구름에게 네손을 흔들어보라
> 깃발처럼 찢긴 깃발처럼이나마
>
> — 1935년, 황순원의 시 〈가로수〉 일부

황순원은 고독한 작가이다. 그래서 그는 치열한 삶을 가진 외로운 휴머니스트라고 불리는지도 모른다. 장편소설 『일월』에서 기룡은 외로움이란 말을 자주 쓴다. 이는 그러한 작가의

마음이 상당부분 반영되었을 것이다. 그의 대표적 단편소설인
〈소나기〉도 외로운 이야기이다.

> 붉게 붉게 단 해의 따거운 입김
>
> 기름마른 풀잎의 시들어가는 손길
>
> 한창 여름의 한낮이 네활개 펼 때
>
> 다섯 살짜리 사내애가 혼자
>
> 산밑 조밭머리에서 메뚜기와 놀고 있다
>
> 밭이랑 속에 어머니는 뵈었다 가려졌다 하고
>
> 건너편 산에서는 뻐꾸기 소리가 들려오는데
>
> (중략)
>
> 다음날도 바람 구름 한점 없는 폭양 아래
>
> 아이는 같은 조밭머리에서 메뚜기와 놀고
>
> 어머니는 까만 얼굴로 김풀을 뜯는데
>
> 이날은 바로 옆산에서 산비둘기가 울어주었다
>
> ― 1936년, 황순원의 시, 〈칠월의 추억〉 일부

위의 시에서도 그의 외로운 추억이 느껴진다. 혼자 메뚜기와
놀고 있는 다섯 살짜리 사내아이와 뵈었다 가려졌다 하는 어머
니의 모습은, 산비둘기가 울어주는 모습과 함께 분명 외로운 것
이다. 이러한 그의 서정적 마음의 바탕 위에서 명작 〈소나기〉가

탄생한 것은 아니었을까.

황순원이 본격적으로 소설을 쓰기 전에, 시를 썼다는 사실은 생각보다 많이 알려져 있지는 않은 것 같다. 워낙 소설로 유명하여 상대적으로 그런 것이 아닐까 하는 생각이 들기도 한다.

그는 열다섯 살부터 시를 쓰기 시작하여 100여 편의 시를 남겼다. 그의 시 속에서도 젊은이들의 모습은 자주 등장한다. 그가 1931년에 쓴 것으로 알려져 있는 시, 〈우리의 가슴은 위대하나니〉에서 보면, 화자는 젊은이로서 궂은 비 내리는 밤에 헤어진 사랑하는 누나 옥순이를 그리며, 국경을 넘은 아버지와 어머니가 그립다고 말하고 있다. 이는 비록 몸은 갈라서도 한뜻을 품고 나아가는 동생이라는 것을 믿자고 한, 시인 황순원의 아픈 마음이 잘 나타나 있는 부분이기도 하다.

가난, 고생, 이별, 혼란 등 당시의 황순원은 그 스스로가 비탈에 선 나무였다. 그러나 그는, "헤친 우리의 가슴은 위대하나니, 위대 하나니" 하며 시를 맺고 있다. 이러한 마음은 그러한 혼란의 고통 속에서도 내일에 대한 긍정과 희망에 대한 열망을 현실극복을 통하여 실천하고 싶었던 것이 아니었을까.

1934년 조선총독부의 검열을 피해 일본에서 발간한 첫 번째 시집, 『방가(放歌)』에 실린 〈압록강의 밤이어〉에서 그는, "소란한 말굽소리가 대지를 흔들어놓을 때마다 (중략) 가을날 내린 물위에 천만 사랑의 노래를 불러 띄워 보내는---" 이라고 노래

했으며, 같은 시집의 〈젊은이의 노래〉에서는, "쥐 죽은 듯이 조용히 앉아 기다리고만 있을 것이 아니다"라고 하면서 젊은이에게 역사의식과 자긍심을 고취시켰고, 〈젊은이어〉에서는, "앞날의 행복을 기약할 수 있는 정의의 장검을 억센 팔뚝에 들어보자"라고 젊은이들의 용기와 저항의식, 그리고 희망찬 미래를 고취시켰다. 비탈에 선 젊은 나무들에게 한없는 재생의 메시지를 던지고 있는 것이다.

두 번째 밀레니엄이 끝날 때, 황순원은 이 세상을 떠났다. 우리는 위대한 문학인이요, 인생 선배를 잃어버린 것이다. 이미 오래 전에 젊은이들의 비틀거리는 모습을 생각하고, 고민하고, 또 그들의 미래를 격려하면서 그는 자기 모습을 빼닮은 아들 황동규 시인을 남기고 떠났다.

우리는 여전히 비탈에 서 있는 나무들이다. 비바람이 거세지거나 폭풍우가 몰아치면 뿌리가 송두리째 뽑혀져 그대로 고사하고 말 휘청거리는 존재들이다. 비탈에서라도 잘 자라기 위해서, 견고한 뿌리를 내리기 위해서는 우리는 어떻게 해야 할 것인가. 인생을 살아가면서 이런 물음에 스스로 답을 찾아보는 시간을 적어도 몇 번은 가져보아야 하지 않을까. 황순원의 나무들이 잘 자라나서 그 다음, 또 그 다음 세대의 나무들 역시 건강하고 튼튼한 뿌리를 가지고 살아갔으면 좋겠다.

목월의 꿈과 사랑, 그리고 외로움-1

달무리 뜨는

달무리 뜨는

외줄기 길을

홀로 가노라

나 홀로 가노라

옛날에도 이런 밤엔

홀로 갔노라

맘에 솟는 빈 달무리

둥둥 띄우며

나 홀로 가노라

울며 가노라

옛날에도 이런 밤엔

울며 갔노라

목월의 시 〈달무리〉 전문이다. 자연을 바탕으로 순수한 인간성을 표현하려는 시인의 심성이 깨끗한 울림을 자아내고 있는 시이다. 그 울림이 너무 순수하여 외롭고 고독한 방랑자의 모습이 자연스럽게 그려진다. 달은 해보다 쓸쓸하다. 외줄기 길을 홀로 울며 가는 사람의 모습을 통해서, 그리고 옛날에도 이런 밤이라는 표현에 그런 풍경은 더욱 짙어진다.

목월의 고독은 침묵하는 모습에서 온다고 할 수 있다. 그는 『밤에 쓴 인생론』에서 중년기에 접어들면서 싱싱하고 낭랑한 것에서 물러서게 되고, 침묵하게 된다고 했다. 그러한 침묵하는 세계는 우리 생활주변 어디에서나 발견할 수 있다는 것. 예로, 환하게 피어난 꽃무더기 속에서 어느 한 개는 고개를 돌려 외면하고 있는 것에서, 무수한 가로등 행렬 속에서 어느 하나는 불이 꺼진 채 어둑하게 매달려 있는 상태에서 그는 고독을 발견하고 그들에게 고독을 명명해 주었다고 한다.

산울림 멀리 울려나가다
산울림 홀로 돌아나가다

— 박목월의 시 〈길처럼〉 일부

그의 고독감은 산울림이 되어 길처럼 돌아나가고 있다. 길을 실낱같다고 표현한 그의 마음은 고독의 정상에 서서 고립감으로 흘러내린다고 할 수 있는 것이다. 그의 그러한 고립감은 하나밖에 없는 아우가 죽었을 때 쓴 시, 〈하관(下棺)〉에서도 잘 나타나 있다.

관(棺)이 내렸다.
깊은 가슴 안에 밧줄을 달아 내리듯.
주여.
용납(容納)하옵소서.

— 박목월의 시 〈하관(下棺)〉 일부

그러나 목월의 고독감은 결코 공허한 것도, 설레는 것도, 불안한 것도 아니다. 그런 표면적인 감정의 동요가 물결치는 상태가 아니라, 조용하고 잠잠하고 끝없이 넓고 깊은 세계를 뜻하는 것이다. 불안하고 초조하고 절망스러운 것이 아니라, 담담하고 편안한 세계라고 그는 얘기했다.

목월의 사랑 역시 그렇게 편안하고 넓은 것이다. 이는 톨스토이의 박애적인 사랑과 그 범주를 같이 한다. 어느 특정한 사람에게로 향한 그것이 아니라, 인생을 살아가면서 만나는 많은 사람들 누구에게나 베풀어야 하는 그런 포괄적인 사랑을 뜻하고 있다. 이를 우리 주변으로 살펴보면, 어려서는 부모, 커서는 이성, 늙어서는 자식, 그리고 가정, 가족, 식구 등으로 구체화

될 수 있다. 목월은 인간의 일생은 사랑으로 시종한다고 『밤에 쓴 인생론』에서 말하고 있다.

> 이만큼 벌린 팔에 한 아름
> 비가 변한 눈 오는 공간.
> 무슨 짓으로 돈을 벌까.
> 그것은 내일에 걱정할 일.
> 이만큼 벌린 팔에 한 아름
> 그것은 아버지의 사랑의 하늘.

— 박목월의 시 〈밥상 앞에서〉 일부

부유하지는 못하지만, 담담하고 넓은 가슴을 가진 아버지는 가장으로서 가족들을 위하여 오늘도 생활전선의 첨병으로 일하다가 이제 집으로 돌아오고 있다. 그 아버지의 머릿속에는 항상 이런 생각으로 가득 차 있다. 아버지는 무슨 짓을 해서라도 돈을 벌어 매일 매일의 밥상을 차릴 것이고, 늦은 밤 귀가를 하면 달려오는 너희들에게 두 팔을 가득 벌려 안아줄 것이다.

"지상에는 아홉 켤레의 신발…"로 시작하는 시 〈가정〉은 우리에게 널리 알려진 목월의 시이다. 이 시는, "미소하는 내 얼굴을 보아라"로 끝을 맺는다. 먹고 살아야 하는 일상생활에 피곤하고 지쳤지만, 자식들을 향하여 미소를 짓고 있는 아버지의 모습이 눈앞에 저절로 그려진다.

　고단하고 힘든 얼굴은 본인으로 족하고, 자식들에게는 항상 꿈과 희망을 보여주고 싶은 것이 바로 아버지의 마음인 것이다. 이 시 중간에, "내 신발은 십구문 반"이라는 표현이 있다. 몰랐던 아버지의 신발 문수가 우리의 가슴을 뭉클하게 한다.

목월의 꿈과 사랑, 그리고 외로움-2

낮에도 부엉이가 우는 산골에 살면서 초등학교를 졸업하는 동안, 이 세상에 교과서 이외에 시나 소설이나 동화 등의 문학서적이 있으리라고는 상상도 못했다는 목월은 스스로를 순수한 자연아(自然兒)로서 한포기 풀처럼 자랐다고 회상하였다.

에세이집 『친구여 詩와 사랑을 이야기하자』에서 그는 중학교 때 처음으로 시집이라는 책을 읽게 되었으며, 학교 기숙사에 기거하며 시인의 꿈을 키웠던 그는 중학교 때 별명도 시인이었다고 한다. 그것이 자기 이름 위에 붙는 숙명의 관사(冠詞)가 되었다고 돌이키면서, 기숙사의 쓸쓸한 불빛 아래, 연필에 침칠을 해가며 노트 구석에 자신의 감정을 적어보았던 기억을 찬찬히 회고하고 있다. 목월은 《문장(文章)》지의 추천을 받아 등단하던 그해 기억을 다음과 같이 적고 있다.

"달이 환한 이슥한 밤이었다. 하숙집 뜰에서 멍하니 달을 쳐다보는 동안에 이상한 충만감이 가슴에 고여 왔다. 그것은 무한의 기슭까지 뻗친 출렁거리는 바다 위에 빈틈없이 달빛이 실리게 되는—그 허전하고 쓸쓸한 대로 충만한 세계가 가슴 속에 가득하게 밀려오는 것 같았다 (중략) 그것은 고독하다거나 쓸쓸하다는 말로써는 표현할 수 없는 전 영혼적인 고독이요, 외로움인 동시에 내게는 한 번도 체험한 일이 없는 충만감이기도 하였다. 이것은 내 생애에 있어 하나의 전환점이 되었다"

목월의 이러한 고백 속에서 우리는 그의 문학일생을 가름하는 중대한 계기가 있었음을 알 수 있다. 외로움과 쓸쓸함과 미지에의 동경으로 차오르는 영혼의 성장을 통하여 그는 진정한 시인으로 살아가게 되었던 것이다. 허공을 떠돌며 막연히 방황하는 모습이 아니라, 사랑을 한가득 가슴에 안고, 한 시대의 온갖 고단함과 피곤함을 말없는 미소로 대신했던 우리들의 아버지요, 가장으로 우리들 앞에 나타났던 것이다.

불빛이나 안개 때문에 끊었던 술을 다시 마시게 된다는 목월의 얘기는 가슴이 따뜻해지는 차 한 잔 같다. 목월은 술을 싫어한다고 말했지만, 사실은 술을 사랑한 사람이다. 술을 사랑하는 사람들은 모두 따뜻하고 넉넉한 마음을 가진 사람들인 것이다. 소설가 황순원도 소주예찬론자일 정도로 소주를 사랑하고 아꼈던 사람이었다.

"오늘날 우리에게 일용할 양식을 주옵시고…"로 시작하는 주기도문은 '내일의 운명'을 투시할 수 없는 장님으로서 인간이 그들의 생활에 대한 불안감을 신에게 간구하는 가장 비통한 호소일 수도 있다고 목월은 얘기했다. 아울러 그는 모든 인간은 살아가면서 불안감이라는 것에 직면하여 허덕일 수밖에 없게 되어 있으며, 이러한 불안감에 대하여 우리가 할 수 있는 가능한 것은 어떤 운명에 부딪치더라도 그것을 맞이할 수 있는 '예비'가 있을 뿐이라고 말했다.

이는 인간의 불안과 운명에 대한 목월의 생각을 읽을 수 있는 대목인데, 그는, "우리는 고독 그것인데, 그것을 그렇지 않은 듯한 모양을 할 수 있다. 그것뿐이다"라고 한 릴케의 말을 예로 들면서, 아무리 고독이 비할 수 없는 불안이라고 하더라도 고독을 조용히 체험할 필요가 있다는 것을 강조하고 있다.

나아가 어떠한 운명에 대해서라도 용기와 겸허한 신뢰와 깊은 인내로 받아들이면, 그것에 대한 불안과 의구심은 제거될 수 있다고 역시 릴케의 입을 빌어 우리들에게 가르쳐주고 있다.

목월 생전 시에, 목월은 무쇠구두를 신어야 한다고 농담을 한 친구 한 분이 있었던 모양이다. 이에 대해 목월은, 서정시를 쓰는 것이 못마땅하여 감정적이고 감미로운 꿈의 세계에서 무쇠구두를 신고 지상으로 내려와 현실적인 사람이 되라는 친구의 농 섞인 말씀이었다고 쓴웃음으로 회상하였다.

어떻든 목월은 감정적이고 주관적인 꿈의 깊은 세계를 쓸쓸함과 외로움을 가지고 여행을 했다. 그리고 청록파라는 우리나라 시 문단에 지워질 수 없는 큰 획을 긋고, 세상을 떠났다. 목월과 미당 서정주, 그리고 소설가 황순원은 모두 1915년 같은 해에 태어났는데(그 해는 분명 우리 문단에 엄청난 축복이 쏟아진 해였음이 분명하다), 목월만 1978년에 세 사람 중 가장 먼저 이 세상을 뜨고 만 것이다.

자기의 모든 삶을 운명처럼 순순히, 그리고 따뜻이 받아들인 목월, 경주에서 같이 문학을 애기하며 침식을 같이 했던 김동리보다 늦게 태어나서 먼저 갔으니, 지금 생각해도 안타깝기만 한 일이다.

원효의 깨달음, 세상사 마음에 달려 있다

원효대사를 중국에서는 해동의 성자라고 칭송한다. 이는 단지 불교계의 위대한 지도자를 넘어서 시대를 이끄는 위대한 종교요, 사상가를 뜻하는 말이기도 할 것이다. 그는 또한 당대의 사회 지도자이기도 했다.

원효와 태종무열왕의 딸인 요석공주와의 사이에서 설총이 태어났다는 것은 익히 알려진 역사적 사실이다. 설총이 만들었다는 이두문자에 대해서는 이두문자가 그 이전에도 사용되었다는 기록이 있다하니 설총이 만든 것은 아니고, 이를 정리하여 집대성했다는 얘기도 있으나, 아무튼 부모의 좋은 유전인자가 있었음에는 틀림이 없는 것 같다.

원효가 살았던 시기는 신라가 백제를 멸망시키고, 곧이어 고구려를 멸망시키고, 당나라를 한반도에서 몰아냈던 파괴와 혼란의 시기였다. 따라서 원효는 한평생을 전쟁의 혼란 속에서 보냈다고 해도 과언이 아니다. 자신을 둘러싼 그러한 혼돈의 열악

했던 사회적 환경이 큰 깨달음과 득도를 가속화한 하나의 계기를 제공해주었을 것이라는 의견 역시 무시할 수는 없을 것이다.

그러나 원효의 득도에 대한 결정적 계기는 우리들이 잘 알고 있는 의상대사와의 당나라 유학 사건일 것이다. 어느 날 밤, 깜깜한 동굴 안에서 잠결에 마신 물 한 모금, 타오르는 목을 시원하게 적셔주었던 그 물이 해골바가지에 담겨있는 물이라는 것을 알았을 때, 그는 소스라치게 놀라며 구역질을 했다. 어젯밤에는 감로수처럼 그렇게 달았던 물이었는데…… 그의 득도는 그렇게 이루어진 것이었다.

세상은 오로지 마음에 달려 있고, 모든 이치가 마음에서 비롯된다[三界唯心 萬法唯識-오도송 일부]는 오도송(悟道頌)을 짓고는 원효는 당나라 유학을 포기하고 돌아왔다. 그때부터 위대한 사상가의 족적이 그려지기 시작하는 것이 아니었을까.

이 세상 모든 희로애락이 내 마음먹기에 달렸다는 사실은 이제 우리 사회에서는 누구라도 쉽게 얘기할 수 있는 사안이다. 이 얼마나 지당하고 당연한 말씀인가. 그러기 때문에 그만큼 잘 되지 않을 수도 있다는 것, 또한 분명한 사실이다. 똑같은 사실을 보고도 각자 다르게 느낄 수밖에 없는 것이 인간의 마음일 터, 모든 것은 오로지 내 마음이 만드는 것이라는 엄연한 사실 위에서 우리는 밤낮 나 자신과 무모한 씨름을 하고 아까운 시간을 허비한다. 마음이 사악한 사람은 만물의 성격을 사악하게 보고 행동할 것이며, 인자한 사람은 인자하게 보고 느끼고 대할 것이다. 내 마음 가는 대로 내가 나를 만드는 것이다.

원효는 설총을 나은 후, 속복으로 갈아입고 소성거사라고 이름을 바꾸고 대중 속으로 뛰어들었다. 원효가 일반 서민 대중들과 함께 먹고 마시며 많은 가난뱅이, 비렁뱅이, 병자, 불구자, 소외된 사람 등 약한 자들, 그리고 천진난만한 어린이들과 함께 생활하게 되면서 그들은 자연스럽게 부처의 이름을 알게 되었고, 그들로 하여금 스스로 부처가 될 수 있다는 깨우침을 주었다고 한다. 『삼국유사』에 나오는 이야기이다. 그때부터 불교는 민중화, 대중화를 통한 일반인들에게의 저변확대가 시작되었다고 볼 수 있는 것이다.

남이 먹던 음식을 주워 먹고, 남이 버린 옷을 주워 입으며 살았던 천박한 자요, 길거리 광대요, 철저한 평등주의자였던 원효는 그렇게 함으로써 다시 원효대사로 돌아갈 수 있었던 것이다.

특히, 극락왕생의 길을 설파한 『유심안락도(遊心安樂道)』에서 그는 중생의 심성에 대하여 큰 허공과 같고 깊은 바다와 같기 때문에 더러운 곳도 없고 깨끗하나, 움직일 때와 고요할 때가 없을 수 없다고 했다, 이러하니 고뇌의 바람 때문에 오탁에 빠지기도 하고, 괴로움의 물결에 잠겨 흘러가기도 한다는 것이다. 그런데, 이러한 움직임과 고요함은 모두 큰 꿈과 같은 것이며, 깨우침의 경지에서 보면 차안도 피안도 없는 것이고, 사바세계와 극락정토가 본래 일심(一心)이며, 생사와 열반이 끝내 둘이 아니라는 것이다.

이러한 내용은 책의 초장에 나오는 것으로, 왜 중생을 가르쳐야 하나에 대한 가르침의 근본취지를 설명하기 위함이다. 모든 것은 마음 하나인데, 그 마음먹기에 또 모든 것이 달려있다는 가르침은 우리 같은 미생들의 입장에서도 느끼는 바가 크다 아니할 수 없다. 본격적인 법문으로 들어가면, 그 가르침의 심도는 더할 것이다.

원효대사를 우리나라 역사상 가장 위대한 종교가요, 사상가요, 저술가라고 한 월아산 법륜사 주지 연경스님의 말씀에 우리는 다시 주목할 필요가 있다. 70세에 그 위대했던 생을 마감한 원효는 200여권의 책을 저술한 것으로 알려져 있으나, 현존하는 것은 겨우 20권 정도라고 하니, 그 또한 무척 아쉽기 만한 일인 것이다

헤세의 꿈, 그 고독한 안개 속으로-1

헤르만 헤세가 정신과 의사를 만나서 심리치료를 받았다는 사실은 그리 놀랄만한 일이 아니다. 그가 칼 융의 제자인 요제프 랑의 도움으로 치료를 받았다는 사실과 헤세가 쓴 『데미안』을 읽고 감동을 받은 사람이 바로 칼 융이었고, 이 세기의 인물들이 서로 만났다는 사실, 그리고 헤세는 칼 융에게서도 심리치료를 받았다는 사실 역시 다 알려진 내용들이다.

헤세가 왜 정신적인 심리치료를 받았는지, 무슨 고통을 겪고 있었는지는 당시 제1차 세계대전 발발 등 전 유럽이 요동치던 시절에, 부친의 죽음, 아내의 정신질환, 아들의 질병 등 그의 주변상황을 살펴본다면 이해가 된다. 헤세는 두 심리학자의 조언을 듣고, 그림을 그리기 시작했다고 한다. 상처 난 마음의 치유를 위하여 그들은 헤세에게 회화를 권고했는데, 그 이후로 헤세는 스위스에 머물면서 훌륭한 그림들을 수천 점이나 남겼다. 대부분 자연 풍경을 주제로 한 수채화들이었다.

혜세는『데미안』『황야의 이리』『유리알 유희』같은 대작을 쓰기 전에, 여러 편의 동화를 썼다. 그가 쓴 동화는 오직 어린이들만을 위한 이야기가 아니다. 젊은 세대를 겨냥한 현실세계와 전달하고 싶은 메시지를 동화라는 형식을 빌어서 쓴 것이다. 혜세가 동화를 쓸 당시에는 개인적으로도 불행한 시기였다. 전쟁의 암울한 그림자가 날로 커지면서 전쟁 초기의 독일의 승전보가 고국으로 계속 날아들던 무렵, 많은 지식인들까지도 환호했지만 이 편협한 민족주의, 잘못된 애국주의에 그는 괴로워하며 고통의 나날을 보내야만 했고, 이러한 아픔 속에서 그는 동화를 집필했던 것이다.

『별에서 온 이상한 소식』은 그 중 하나이다. 무서운 폭풍, 홍수, 그리고 지진이 어느 마을을 황폐화시킨다. 마을 전체가 재앙에 휩쓸려 많은 사람들이 죽고, 꽃과 나무들이 모두 사라지고 말았다. 이 참혹한 상황 속에서 가장 고통스러운 일은 꽃이 없어서 사람들의 장례를 치르지 못하는 것이었다. 이렇게 하여 이야기는 시작되고, 마을의 한 소년이 다른 나라 임금님을 찾아가 꽃을 구해오는 내용으로 전개되는데, 그 나라는 전쟁, 증오, 살인 등으로 고통을 받는 중이었다.

종류만 다를 뿐이었지 사람 사는 사회에서 고통을 받는 것은 동일한 것이었다. 임금님은 소년에게 이렇게 말한다. "귀여운 소년아, 이제 가거라. 새로운 전투가 시작되기 전에 어서 피해라! 피가 흐르고 거리가 불탈 때, 나는 너를 생각하마. 세계가 전체로 하나이고, 우리의 어리석음이나 노여움, 야만스러움도 우리가 그것에서 떼어놓을 수 없다는 것을 나는 되새길 것이다.” 이야기를 들은 소년은 임금님으로부터 꽃을 얻어가지고 마을로 돌아와서는 장례를 다 치렀다. 그리고는 평범한 소년의 일상으로 되돌아오는 것으로 이야기는 끝을 맺는다.

　전쟁의 고통 속에서 헤세는 아름다운 별을 생각했다. 그것은 다른 나라일 수도 있었다. 그리고 그는 항상 그의 마음속에 있던 꽃과 나무를 생각했다(그의 꽃과 나무에 대한 사랑은 다음 글에서 말하고자 한다). 꽃이 없다면 장례조차 치를 수 없다니, 이 얼마나 슬픈 일이란 말인가. 헤세의 낭만적 서정은 그를 둘러싼 주변의 아픔 속에서도 희망을 보려는 그의 마음의 기저였으며, 고난을 뛰어넘는 대범함을 만들어 주었던 것이다.

　그의 또 다른 동화, 『피리의 꿈』에서는 노래 부르기를 좋아하는 한 소년이 자기 아버지로부터 세상 사람들에게 맑고 사랑스러운 노래를 연주해주라고 피리 한 개를 넘겨받는다. 그리고 그는 길을 가다가 추수하고 있는 식구들에게 도시락을 가져다주고 있는 브리기떼라는 한 소녀를 만나 이야기를 나누고, 사랑의 노래를 부르게 된다.

　브리기떼와 헤어진 소년은 강가로 와 배를 타게 되고, 배 안에서 한 청년을 만나게 되는데, 그 소년은 거기에서 청년의 슬프고 우울하고 고통에 찬 노래를 듣게 된다. 브리기떼에게 느낀 행복과 기쁨은 어느새 다 없어지고, 오직 고통과 슬픔만이 눈앞에 있었던 것이다. 그리고는 마침내 죽음에 대한 노래까지 듣게 되어 소년은 슬픈 마음을 달랠 길 없어, 고향으로, 아버지에게로, 브리기떼에게로 돌아가고 싶어 한다, 그러나 그 청년은 돌아가는 길은 없다고 한다.

이 이야기는 이렇게 끝을 맺고 있다. "아름다운 방랑의 나날도, 브리기떼도, 아버지도, 고향도 꿈에 지나지 않았던 것처럼 나는 나이를 먹었고, 벌써 오래 전부터 힘없이 이 밤의 강물을 노상 달려온 것 같은 생각이 불현듯 들었다 (중략) 되돌아갈 길이 없었으므로, 나는 어둠을 뚫고 어두운 수면 위를 그대로 따라서 흘러 내려가고 있었다."

헤세는 몇 편의 동화를 통하여 자연과 인간과 사랑과, 파괴와 행복, 그리고 고통과 기쁨을 노래하였다. 그러는 그의 마음 저변에는 고독감이 짙게 깔려 있었다. 현실을 괴로워하면서 탈출을 시도하다가 이겨낼 수 없어 더 큰 고통을 받는 그의 또 다른 현실의 현현은 그의 성숙한 고독감에서 비롯되는 것이 아니었는가 하는 생각이 든다. 대문학가의 사상과 일생을 어찌 몇 줄로, 이렇게 저렇게 언급할 수 있을까마는 헤세의 글은 반복해 읽고 읽어도 책장을 덮을 때에는 항상 아쉽기만 하다.

헤세의 꿈, 그 고독한 안개 속으로-2

헤세는 시인이고, 고독한 화가이다. 그래서 그는 목숨을 다하는 그 순간까지 그림을 그렸으며, 평생 꽃과 나무를 사랑했다. 헤세의 그림은 수채화로서 꽃과 나무가 그림의 많은 부분을 차지했으며, 거의 대부분 밝고 화사했다. 이는 그의 암담하고 어려웠던 삶이나 주요 작품의 내용과는 큰 대조를 이루는 것이어서 매우 흥미로운 일이 아닐 수 없다.

꽃과 나무를 사랑하는 마음 역시 그의 외로움과 고독함 때문이 아니었을까 하는 생각이 든다. 그의 그림 중에는 산이나 강, 들, 마을, 집 등 잔잔한 풍경을 그린 것들이 많았으며, 해바라기, 다알리아, 수선화, 튤립, 목련, 백일홍, 아이리스 등, 꽃을 대상으로 한 그림도 여럿 있다. 많이 알려진 그림인 〈카사로사 앞의 포도나무〉는 스위스 몬테놀라 집 카사로사 앞뜰에 있는 포도나무를 그린 것인데, 푸른 하늘 아래 작은 테라스를 인 집 담장을 끼고 휘어진 돌계단과 생기로운 포도나무의 조화가 잔잔한 멋을 풍기고 있다.

헤세의 그림은 밝으면서도 지나치게 눈부시지 않으며, 화사하면서도 지나치게 화려하지 않다. 이것이 그의 그림이 가지고 있는 매력이다. 그중에서도 스위스의 한 작은 마을인 테신을 배경으로 한 그림 〈테신 풍경〉과 집 몇 채와 그 담장 옆에 피어있는 해바라기를 그린 〈해바라기〉가 가장 마음에 들어온다. 참 착하고 순한 어느 농촌사람의 모습을 보며, 그 마음을 읽는 것 같다. 이 두 그림에서 우리는 그의 근본적인 고독한 마음과 그래서 순수하고 맑은 감성을 담백하게 느낄 수 있다.

헤세는 그림 그리는 것에 대하여 이같이 말하고 있다. "그림에 몰두하는 순간, 나 자신을 까맣게 잊게 된다는 것과 여러 날 나 자신과 세상을 잊고 고달픈 모든 것에서 자유로울 수 있었던 것은 처음이었다"고…… 또한 그는 "그림을 그리는 가운데, 견디기 힘든 어려운 지경을 벗어날 수 있는 탈출구를 발견했다. (중략) 그것은 문학이 주지 못했던 예술의 위안 속에서 새롭게 침잠하는 것이다"고 부언하였다.

우리는 이 같은 그의 얘기에서 그가 문학 외에 그림에서 받은 마음의 위안이 얼마나 큰 것이었는지를 짐작할 수가 있다. 암울하고 힘들었던 자신의 삶과 세상 속에서의 고통을 잊을 만큼 헤세는 회화 속에서 자유로운 영혼을 가질 수 있었던 것이 아니었을까.

헤세는 유독 나비를 사랑했다고 한다. 어렸을 적부터 나비를 꼼꼼히 모을 정도로 나비에 대한 관심이 많았으며, 성인이 되어서도 마찬가지였다. 그는 나비를 보면 어린시절의 기억이 생생히 되살아난다고 했다. 청년시절, 창조의 열정과 그에 대한 굳은 의지를 지녔던 헤세가 겪어야 했던 신학교에서의 이탈, 자살기도, 일반학교 중퇴 등 어려웠던 기억을 마음껏 하늘을 날아다니는 자유롭고 평화로운 나비를 통하여 치유 받고 싶었을지도 모른다.

헤세는 시인이고, 또 정원사였다. "정원을 소유한 사람에게는 이제 봄에 해야 할 많은 일들을 생각할 시기가 되었다"로 시작하는 그의 『정원 일의 즐거움』에서 우리는 다정다감한 정원사 헤세의 모습을 찾아볼 수가 있다. 그는 온 정성을 다하여 꽃과 나무를 키우고 가꾸었다.

한 번 더, 여름이 시들어 가기 전에
우리는 정원을 보살펴야겠다,
꽃에 물을 주어야겠다, 꽃은 벌써 지쳐,
곧 시들어버릴 것이다, 어쩌면 내일이라도.

— 헤세의 시 〈꽃에 물을 주며〉 일부

그의 시와 같이 그는 정원의 시인이었다. 아들 브루노와 함께 정원 가꾸기에 열중하고 있는 그의 모습을 보면 진한 흙냄새가 코앞까지 풍기는 듯하다. 헤세는 어렸을 때부터 자연의 신비하고 기이한 형태에 호기심을 갖고 관찰하는 버릇이 있었다고 고백한다.

나무들을 바라보며 그 나무와 이야기를 나눌 줄 아는 사람만이 진실을 체험한다고 한 헤세는 밤바람에 흔들리는 나무들에게 귀를 기울이고 있노라면, 어디론가 정처 없이 떠나고 싶은 충동을 느끼지 않을 수가 없다고 했다. 이는 헤세의 방랑적 기질을 잘 보여주는 부분이다. 방랑은 그에게 삶의 고통이었는데, 그렇지만 벗어나고 싶지 않은 그 무엇이었다. 그는 방랑은 고향을 그리는 향수이며, 삶의 새로운 비유를 찾으려는 동경이라고 했다. 나무들의 흔들림을 보며 방랑을 생각하고, 향수와 동경을 느끼는 그는 자연과 인간과 낭만의 삼각 틀 안에서 꽃과 나무를 가꾸었던 것이다.

뜰이 슬퍼한다.
꽃 사이로 차가운 비가 내린다.
여름은 몸서리를 치며
말없이 종말을 향해 간다.

(중략)

여름은 앞으로도 오래 장미 곁에

발길을 머문 채 안식을 그리리라.

그러고는 서서히 피곤에 겨운

큰 두 눈을 감으리라.

— 헤세의 시 〈9월〉 일부

　헤세는 정원에서 꽃과 나무들과 함께 사계절을 맞이하고, 환송하고, 또 기다렸다. 우리 삶의 모든 과정 속에 있는, 만나고, 헤어지고, 또 다시 만나는 잔잔한 일상들을 세세하게 느끼고 공감하며 그들과 같이 살아나갔다.

　헬레네 벨티에게 보낸 편지에서 그는 잡초를 뽑으면서 동화나 시를 생각하고, 구상한다고 썼다. 정원에서 기계적인 일에 열중하면서 또 다른 한편으로는 자기 작품속의 주인공에게 그날그날 떠오른 질문을 던지면서 서로 대화를 해나가는 것이다. 이처럼 그에게 정원 일은 길을 걸으며 이야기를 구상하고 머릿속으로 글을 써나갔던 찰스 디킨즈처럼 그의 생활의 중요한 부분이요, 일과요, 나아가 정원은 그의 분신이었던 것이다.

헤세의 꿈, 그 고독한 안개 속으로-3

신학교에서의 엄격한 기숙사생활을 견디다 못해 뛰쳐나가고, 자살을 시도하는 등 정신적 고통과 온갖 스트레스로 불우했던 청년기를 보내야 했던 헤세는 22세에 발간한 시집과 산문집이 릴케 등 주변으로부터 인정을 받으면서 본격적인 문학가로서의 생활을 시작하게 된다.

그가 약관의 나이로 주변의 시선을 끌면서 작품 활동을 시작할 수 있었던 것은 그의 본연의 마음속에 문학에의 꿈과 창조의 열정이 마그마처럼 꿈틀거리고 있었기 때문이었다. 그러한 그가 신학교에서의 통제된 생활이나 고등학교에서의 틀에 박힌 생활을 잘 해낸다는 것은 아무리 신학자 집안에서 태어났다 하더라도 결코 쉬운 일이 아니었을 것이며, 그에게 견디기 어려운 고통을 주었던 것임에 틀림이 없다.

헤세의 방랑적 기질은 어렸을 적부터 그의 마음속에 잠재되어 있었다. 이러한 방랑은 방황이 아니라, 생산을 위한 창조의 방랑이었다. 또한 그는 자연에 대하여 그 누구보다도 친밀하고 친숙한 자연인이었다.

스스로 정원을 만들어 꽃과 나무를 가꾸며, 그것들을 한없이 바라보며, 떨어진 낙엽을 모아 태우며, 조용히 왔다가 사라지는 바람을 보며 어디론가 한없이 떠나고 싶었던 헤세…… 그는 자연의 본성과 인간의 본심이 화합하여 만들어내는 순수와 낭만의 세계를 추구했다. 그러면서 그는 쉽고 편안하게 사는 법을 알지는 못했지만, 아름답게 사는 것만큼은 마음대로 할 수 있었다고 술회하고 있다. 이는 그가 얼마나 자유롭고 진솔한 삶을 살려는 욕구가 가득한지를 알게 한다. 이러한 욕구는 순례를 통하여 지속적으로 나타난다.

항상 방랑길에 있었던
나는 영원한 순례자
기쁨도 슬픔도 흘러가고
내가 가진 건 거의 없었다.
(중략)
아, 내 찾아 나선 것은
성스럽고 저 멀리,
드높은 하늘에 걸린
사랑의 별이었노라.

(중략)

그토록 사랑하던

꽃다운 세계에 작별을 고한다

나는 목표를 비껴갔으나

모험에 찬 방랑은 계속 된다.

— 헤세의 시 〈순례자〉 일부

헤세의 방랑은 그의 소설 『크놀프』에 섬세하게 그려졌다. 인생에 대한 허무에서 출발하여 좌절로부터 탈출하고자 하는 방랑은 새로운 것에 대한 동경이나 호기심과는 다른 그 무엇이다. 그러면서 헤세는 나 자신과 타인은 결코 공통의 그 무엇을 지닐 수 없다고 주인공 크놀프를 통하여 말하고 있다.

슬퍼하지 말아라, 이윽고 밤이 오리니

그러면 우리, 창백한 들과 산위에서

살며시 웃음 짓는 차가운 달 보고

서로 손 맞잡고 쉬게 되리라.

슬퍼하지 말아라, 이윽고 때가 오리니

그러면 우리의 작은 십자가

밝은 길가에 나란히 서리라

그리하여 비가 오고 눈이 내리고

바람이 오고 갈 것이니라.

— 헤세의 시 〈방랑길에서〉 전문

크놀프는 고독한 방랑자였다. 그에게는 돈, 가족, 권력, 이 모든 것이 다 필요 없었다. 그런 것들로부터 벗어나 진정한 자유로움을 만끽하며 자기의 내면세계에 침잠하는 것만이 가치 있고 아름다운 것이었다.

그것은 부모도 어찌해 줄 수 없는 자기 영혼의 새로운 탄생을 의미하는 것이었다. 삶이란 각자 자기의 길을 걸어가는 것, 그리고 모든 선택의 책임은 각자가 지는 것이다. 신이 우리에게, 너를 달리 만들 수가 없다고 했을 때, 네, 모든 것이 되어야 할 그대로 되었습니다, 하는 대답을 분명히 해야 하는 것이다. 크놀프는 헤세 자신이었다. 그는 고뇌에 찬 구도자였다.

고통과 절망의 맞은편에는 생명의 길이 있다고 한 헤세……그는 고독한 방랑자였지만, 고통과 아픔을 딛고 일어서서 생명의 길을 찾아 나선 위대한 사람이었다. 우리들 인생이라는 것은 이러한 방랑의 연속이다. 그 목적지가 어디인지도 모르고, 언제 끝날지도 모르는 방랑은 우리 삶이 끝났다 하더라도 멈추지 않을 것이다. 홀로 남은 우리의 영혼이 그것을 찾아 또 무한대의 길을 걸어가지 않겠는가.

어느 월남인 이야기-1

1922년생이면 이제 100세를 향하는 나이가 된다. 살아있다면 그렇다는 이야기인데, 그러나 그때 태어난 사람들은 거의 대부분 이 세상을 떠났다. 지금은 100세 시대라지만 그때 60세라면 환갑잔치하고, 노인네 취급받던 시대가 아니었던가. 그래도 이 나라가 이만큼 발전해온 데에는 분명 그분들의 소중한 역할이 있었음은 부정할 수 없는 일이다. 오늘밤에는 1922년에 이북에서 태어나 남한으로 내려와서는 그야말로 온갖 세월의 풍파 속에서 살다간 한 남자의 이야기가 슬며시 떠오른다.

평안북도 초산이라고 하면 압록강 부근에 있는 지역이다. 한반도 지도를 펼쳐놓고 보면, 중국과 국경을 맞댄 압록강 근처에서 이곳을 찾아볼 수 있으니, 초산이라는 곳은 사람살기에 아주 열악한 지역이었다. 더군다나 그 당시의 초산은 더욱 멀고 험하고, 뚝 떨어진 그런 아주 낙후된 촌 동네가 아니었을까.

그런 동네에서 그가 태어났다. 겨울마다 동네 주민이 얼어

죽고, 눈이 오면 허리까지 차오르는 일이 예사였으며, 그런 겨울에 밖에서 오줌이 누면 오줌이 그대로 얼어붙어 고추 끝에 고드름이 달린다고 하니 그 추위가 상상을 초월하고, 그런 곳에서의 생활이라는 것은 그려보기조차 어려운 것임에 틀림이 없을 것이다. 압록강에서 썰매를 타고, 얼음을 지치고 하는 낭만적인 생각은 멀리 접어두는 것이 낫겠다.

그 한겨울에는 방안에 둔 요강에 오줌이 얼어붙어서 내다버릴 수가 없었다고 하니, 그 당시 그곳 사람들이 어떻게 살아갔는지 대충 짐작할 수는 있겠다. 아마 일 년 중에서 봄 후반부터 가을 초반까지 한 6개월 정도만 사람 살 만한 곳이 아니었을까. 어떻든 그는 유년과 청년시절을 그곳에서 보냈다. 그리고 해방이 되고 나서 홀어머니와 형의 손을 잡고 남쪽으로 내려왔다. 많은 친척들을 그곳에 그냥 두고서 그렇게 셋만 내려왔다는데, 무슨 사정이 있었겠지만 더 이상 알 길은 없다.

배운 것도 없고, 아는 사람도 없는 낯선 남한 땅에서 그는 그냥 부랑자처럼 살았을 것이다. 어찌됐건 그러면서 이런저런 여자들도 만나고, 어찌어찌 살다가 아이도 낳고, 또 헤어지고……자신에게 허락된 최선의 여건이 그것밖에는 되지 못했으니, 별 도리가 있었겠는가. 그나마 도적질하고, 남 사기치고 하지 않는 것이 다행이었을 것이다.

그랬던 그가 대한민국 경찰관이 되었다. 이북의 불량한 감자가 남한 땅으로 와서 남한의 치안을 담당하고, 빨갱이를 때려 잡는 경찰 공무원이 된 것이다. 그것도 대통령을 포함한 VIP 행차 시, 옆에서 호위하는 기마경찰대(지금은 사이드카나 승용차가 호위하지만, 당시에는 말을 탄 경찰들이 이것을 했다)의 일원이 된 것이다.

물론, 어렵게 어렵게 공부하고 노력해서 경찰전문학교에 들어가 우수한 성적으로 졸업하여 경찰간부가 되었다는 등등의 개천에서 용 났다는 이야기는 빼도록 하자. 그는 경찰관이 되면서 그간의 질서가 잡히지 않았던 생활을 정리하고, 다시 한 여자를 만나 서울 종로구 수송동에서 가정을 새롭게 꾸미고, 점점 모범적인 가장이 되어갔다.

그런데 6.25가 터졌다. 경찰관, 군인은 물론 그 가족들은 모조리 제1숙청의 대상이었으므로, 우선은 살 곳으로 튀어야만 했다. 그 경찰관 사나이는 몰아닥치는 북한군들의 총칼 앞에서 허둥대고 있었다. 나중에 대구에서 만나자. 이것이 어린 아내와 한 약속의 전부였다. 그는 집에 있는 경찰관 옷과 사진들을 모두 태워 없애라고 아내에게 소리쳤다. 그리곤 잠시 아내를 버려야만 했다.

새벽 어둠도 숨죽이는 시간에, 그는 몇몇의 동료들과 함께 수송동 기마경찰대를 빠져나갔다. 명령에 살고 명령에 죽는 경찰사나이들은 명령에 따라 집결장소로 가기 위해서 가족들보다 먼저 이동해야 했고, 모두들 그렇게 아내들을 잠시 버릴 수밖에 없었다. 무책임했지만 둘이 다 살려면 어쩔 수 없었다. 새벽 어둠을 뚫고 달리는 앞 동료의 말발굽에서 번쩍번쩍 불이 일었다. 말발굽이 전찻길과 부딪칠수록 불빛이 불길처럼 일었다. 눈알이 시리고 아팠다. 배가 부른 아내의 모습이 사진처럼 멈추었다가 이내 그의 눈앞으로 달려왔다. 그 틈새를 비집고 따발총을 든 북한군들의 모습이 기어들었다. 남으로 남으로 가는 피난행렬 속에 섞여 그 경찰관의 아내는 임신 4개월의 몸으로 열 발가락이 다 터지도록 걸어야만 했다.

그들은 우여곡절 끝에 초췌한 모습으로 대구에서 만날 수 있었다. 생존의 기쁨을 나누는 것도 잠시, 이 신혼부부들은 다시 남으로 떠나야 했다. 이번에는 좀 더 구체적으로 약속을 했다. 부산 ○○에서, 어떻게 만나자. 그리고는 역시 경찰사나이가 먼저 튀었다. 부산에 다시 집결하라는 기마경찰대의 명령 때문이었다. 아내는 더욱 배가 부른 상태로 혼자 부산으로 향했다…… 피난길에 아내는 따발총을 든 북한군을 수시로 보았고, 그 경찰관은 그런 북한군을 한 번도 보지 못한 채, 전쟁은 끝났다.

어느 월남인 이야기-2

옛말에 술은 어른한테서 잘 배워야 한다는데, 대충 또래의 친구들과 어울려 먹고 마시고 하다 보니 술버릇은 자꾸 나빠졌다. 더군다나 워낙 술을 좋아하는 사람이 경찰관, 형사라는 직업을 갖다보니, 쌓이는 스트레스에 성질은 더욱 과격해지고, 사람들을 마치 범인 대하듯 하면서 그의 술버릇은 날이 갈수록 고약해져서 그것 때문에 가족들은 항상 힘들었다. 술 먹는 기회가 점점 많아졌다.

잦은 부부싸움, 그 정도가 날로 심하여 누구 하나가 숨넘어가듯 하면 오밤중이라도 옆집 부부가 속옷 바람으로 달려와서 말려야 했고, 아이들은 공포의 도가니 속에 팬티 한 장 제대로 입지 못한 채로, 이 방 저 방으로 피신하여야 했다. 그 시대에는 대부분 가정이 그러했다. 요즈음처럼 결혼 전에 서로 잘 만나보고 알아보고 확인하고, 어른들로부터 교육도 잘 받고 하여 결혼을 해도 나중에 사니 안 사니 하는 판인데, 당시에는 먹고살라고 바삐 오가다 만나 어찌하여 살림을 차리는 경우가 많았으니 오죽했으랴. 물론 그렇지 않은 경우도 많이 있었지만.

전쟁이 끝나고 사회가 안정을 찾아갔지만, 이 경찰관의 가정은 그렇게 행복하지는 못했다. 슬하에 3남1녀를 두고, 남들처럼 그럭저럭 행복한 모습을 갖춰는 나갔지만, 그의 마음속은 항상 공허하였고, 그곳을 막연한 분노감과 쓸쓸함이 채워주곤 했다. 그러다보니, 그 쓸쓸함 때문에 술을 자주 먹게 되었고, 그 알 수 없는 분노감 때문에 술을 먹고 난 후에는 난폭해지는 것이었다.

그러나 그 음주 후의 난폭함도 이제 나이가 들고 아이들이 커가면서, 또 아내가 늙어가면서 점점 쇠락해지고, 이제는 밖에서 술을 먹기보다는 집에 와서 앉은뱅이 주안상 앞에 쪼그려 앉는 경우가 대부분이었다. 경찰관을 그만 두고 나서 구청 옆에 손바닥만 한 대서방을 하나 할 때부터는 더욱 그러했다.

그는 술상 앞에 앉아서는, "운다고 옛사랑이 오리요마는, 눈물로 달래보는 구슬픈 이 밤"이라든가, "가아련다 떠나려언다, 어린 아들 손을 잡고"라든가, "울려고 내가 왔던가, 웃을려고 왔던가"라든가, 아무튼 아이들은 잘 모르는 이런 노래를 붉게 취기가 오른 얼굴로 혼자 부르곤 하였으니, 아이들은 이 술이 끝나면 또 난리가 나지는 않을까 하며, 불안한 마음으로 이런 아버지의 모습을 조심스럽게 훔쳐보곤 했다.

그는 이렇게 혼자 노래를 부를 때마다 알 수 없는 눈물을 자주 흘렸다. 어떤 때에는 목이 메어 노래를 잇지 못할 정도로 두 눈을 붉게 물들였다. 아이들은 이런 아버지가 너무 이상했다. 잠시 끊어졌던 아버지의 노래는 다시 이어졌다. "불러봐도 불러봐도 못 오실 어머님을, 불초한 이 자식은 생전에 지은 죄를 엎드려 빕니다" 그리고 그는 다시 눈물을 흘렸다. 아이들은 아버지의 노래를 들으며, 이미 오래 전에 저 세상으로 가신 할머니를 떠올렸다.

"두고 온 고향이 그리웠다. 뛰어놀던 초산의 뒷동산이 그리웠다. 같이 월남했지만, 따로 떨어져 어렵게 살다간 홀어머니가 그리웠다. 그리고 죄스러웠다. 전쟁과 가난과 고단함 속에 지냈던 파란만장한 내 삶이 애달프고 외로웠다. 온갖 한과 설움이 항상 내 마음을 짓누르고, 수시로 나를 아프게 했다……

한 많은 세상, 술 한 잔 마시고 지그시 눈 감으면 눈앞을 스쳐가는 나의 애달픈 자화상이여, 인생의 고단함이여, 말 못하는 이 마음이여, 오로지 눈물만이 내 마음을 대신 하는구나…… "

그는 대한민국의 경찰관으로서 훌륭하게 퇴진하지는 못했다. 3.15 부정선거에 휘말려 별 연관도 없는데도 중도에 불명예 퇴진했다. 그러나 그의 인생이 결코 불명예스럽지는 않았다. 아니, 홀어머니 손을 잡고 월남했던 저 평안북도 초산의 시골 촌뜨기가 그 정도 했으면 성공한 인생이었다.

이 이야기의 주인공은 나의 아버지이다. 아버지 이야기를 써 본다는 것이 사실 마음에 내키지는 않는 일이었지만, 언젠가 한 번은 이런 식으로라도 말하고는 싶었다. 무명의 용사도 못되는, 가장 평범하게 살아간 사람이었기 때문에 더욱 그렇다.

많은 월남인들이 이제 세상을 떠나고 있다. 고향땅을 그리며, 유년 시절에 뛰놀던 동산을 그리며, 들과 산과 시냇물을 그리며, 서서히 이 세상을 떠나고 있다. 과거란 반드시 그 누구들만의 것이 아니다. 그들의 과거가 바로 우리들의 과거인 것이다. 돌아볼 필요가 있는 나의 그것인 것이다. 이제 그들의 응어리진 마음 앞에 술 한 잔 올린다. 오늘 하루 마음껏 취하시라. 그리고 노래 한번 실컷 하시라.

III

우리 모두 스텝 바이 스텝으로

나의 행동규칙에서 우리의 공동규칙으로

유아기인 2~3세부터 형성되는 자아는 그 사람의 일평생 삶에 지대한 영향을 미친다고 한다. 이는 유아기 때의 정서가 그만큼 중요하다는 애기인데, 감정, 언어, 인지 등을 포함한 지각 능력의 기본이 이때에 형성되기 때문이다. 성인이 되어서 원만한 성격으로 사회생활을 잘 해나가려면 이 시기를 잘 보내야 한다는 말이기도 하다.

우리가 일평생 살면서 겪는 슬픔, 기쁨, 외로움, 즐거움에 대한 감정이라는 것이 얼마나 중요한 것인가. 슬플 때에는 슬퍼할 줄 알고, 기쁠 때에는 기뻐할 줄 알아야 하는 것은 본인 자신을 위해서만이 아니라, 나와 함께 있는 사람들을 위해서도 매우 중요하기 때문이다. 그 감정을 그 시간에 옳게 표현할 수 있어야 서로 간에 오해가 없고, 스트레스가 줄어드는 사회가 된다.

그래서 좀 커서는 방치하더라도, 태어나서 세 살이 될 때까지는 부모가 아이를 품에 안고 사랑을 주는 직접적인 돌봄이 있어야 함은 자명한 일이다. 물론 아이가 자립할 때까지 부모가 돌본다면 더욱 바람직하겠지만, 요즈음 세상에 조선시대처럼 아이를 키울 수는 없지 않겠는가. 자립심을 키워서 일찌감치 독립시키는 것도 서로를 위한 삶의 방법이 될 수도 있을 터, 그만큼 이 사회가 변하고, 그 안에 사는 사람들이 변하고 있는 것이 작금의 현실이다.

나아가 세 살을 넘어서도 부모와 같이 사는 동안 그들로부터 지속적으로 영향을 받는 삶의 행동규칙이 그 사람의 향후 삶에 더 중요할지도 모른다. 아니, 삶의 행동규칙이라는 것은 일찌감치 혼자 사는 사람에게도 있는 것이니, 이는 그들이 다른 사람들과 공동생활을 해나가게 될 때 나타나는 미래의 불협화음이고, 거추장스러운 잡음이 될 수도 있다.

행동규칙, 어느 가정마다 나름대로의 삶의 규칙들이 있다. 이 것은 가정의 구성원인 가족 개개인들을 통제하거나 구속하기도 하고, 서로 간에 기대감을 갖게 만들기도 한다. 말을 바꾸자면, 소위 가풍이랄 수도 있고, 가장의 지휘방침이랄 수도 있겠다. 반드시 가훈으로 만들어져서 그것을 내놓고 공유하고 있지는 않더라도, 아버지나 어머니를 중심으로 장기간 같이 살아온 한 집안에는 그들만의 생활규칙이 있게 마련이고, 가족들은 그것이 만족스럽건 아니건 대체적이고 묵시적으로 지켜가고 있다. 아무래도 가정이라는 것이 부모 중심이라서 일단 이것은 아버지와 어머니의 일방적인 행동지침이라고 해야 할 것 같다.

아무튼 크든 작든 각 가정은 그러한 행동규칙들이 있는데, 드디어 그 구성원의 한 사람이 다른 가족의 구성원을 만나 새로운 가정을 만들어 같은 공간에서 생활을 하게 될 때에, 이 행동규칙은 크고 작은 문제점들을 일으키게 된다. 상담학자나 가정상담을 하는 상담사의 얘기를 들어보면, 이 서로 다른 행동규칙에 대한 상호충돌은 의외로 심각하여 새로 만든 가정이 쉬이 깨져버리기도 한다는데, 이것은 우선 상대방에 대한 이해와 배려의 부족에서 비롯되지 않나 생각된다. 그러나 그것을 안다고 해도 자신을 오랫동안 지배해온 자기의 행동규칙을 극복하는 일이 쉽지만은 않은 것으로 보인다.

아버지가 아무리 늦게 귀가해도 아이들은 자던 이불을 걷어차고 마루로 뛰어나와 인사를 해야 한다는 행동규칙을 가진 집안에서 자란 사람은 본인이 결혼 후에, 자정을 넘겨 들어왔을 때 자고 있는 아내를 보면 화가 날 것이요, 열시까지는 귀가해야 한다는 행동규칙을 가진 아내는 새벽까지 술을 마시고 들어온 남편에게 슬금슬금 화가 날 것이다.

모두 자기 가정에서의 행동규칙에 대한 기대감에서 서로 부딪치는 것이겠지만, 요즈음 부부들은 워낙 현명하여 결혼 전에 이러한 행동규칙들을 서로 잘 정리하여 새로운 가정의 규칙을 만들어 내리라고 믿는다.

그러나 아무리 그렇다 하더라도 수십 년 이상 살다보면 자기도 모르게 과거의 오래된 행동규칙이 튀어나오게 되어 있고, 그 생각과 행동의 차이 때문에 다툼의 소지는 충분히 있다. 그 다툼은 곧 너 때문이라는 인식으로 상대방에게 그 원인을 떠넘기기 쉽기 때문에 상담학자들도 이것을 행동규칙이라고까지 명명하여 내담자들에게 이해를 시키고 있는 상황인 것이다.

아무튼 분명한 사실은 그동안 나를 쭉 길들여왔던 나의 행동규칙만을 고집할게 아니라, 새로운 공동의 행동규칙을 만들어 살아가야 하는 것이 현명한 일임은 자명하다. 이는 비단 결혼생활만이 아니라, 조직사회에서 살아가야 하는 현대인들에게는 다 해당되는 아주 기초적이고 기본적인 규칙의 정리요, 정립일 것이다.

공감과 위로, 그 소통의 다리

현대인들은 피곤하다. 며칠 좀 쉰다고 해도 좀처럼 그 피곤이 풀리지 않는다. 그래도 예전에는 주말 이틀을 푹 쉬고 나면 웬만한 피로는 다 풀렸는데, 요즈음은 그렇지 않은 것 같다. 토요일까지 주 6일을 근무하던 때도 일요일 늦게까지 잠 한번 푹 자고나면 몸과 마음이 가뿐해졌는데, 요즈음은 그게 잘 안 되는 모양이다. 영혼이 피곤하기 때문이다.

현대인들의 피곤함은 인간관계의 단절을 가져온다. 당장 내가 피곤하니, 주변 사람들에게 관심을 갖는 것이 잘 안될 뿐더러 내 가까운 주변도 귀찮아진다. 그저 혼자 있는 것이 가장 편하다. 그래서 사람들 간의 단절은 점점 깊어진다. 마음이 위축되고, 생각의 폭이 좁아지고 움직이는 것이 귀찮아지기 시작하면 사람들은 자기 굴 안에 들어앉기 시작한다. 한번 들어앉으면 쉽게 나오는 것이 힘들어지는 경우가 많다. 몸은 어떨지 몰라도 마음이 그렇다는 이야기이다.

아무튼 현대인의 생활에 대한 피곤함은 아무리 잘 쉬어도 좀처럼 풀리지 않는다. 예전 같지가 않다. 그 이유 중 하나는, 그만큼 현대인들은 모든 일상적 사회생활에서 서로 간에 각별히 얽혀있기 때문이기도 하다. 나만 좋고, 나만 됐다고 끝나는 것이 아니다. 무엇인가가 서로 간에 많이 걸려 있고 엉켜 있어서, 한 사람의 감정이나 행동의 결과가 바로 옆 사람에게 영향을 주게끔 되어 있다. 그래서 미완의 일이 다시 시작되기도 한다.

사회적으로 경제적으로, 조직적으로 개인적으로, 모든 것이 상호 이해와 계산, 그러한 플러스 마이너스로 복잡하게 얽혀있는 작금의 현대사회, 혼자 빠져나가려고 몸부림칠수록 옆 사람과의 실타래가 점점 꼬여가는 것이 우리 사회의 현실이다. 오직 더불어 같이 살아가겠다는 생각과 행동만이 그나마 우리들 마음을 편하게 해줄 것이다. 그래야 서로 간에 공감의 장이 열린다. 공감을 한다는 것은 일단은 제각기 다른 일단의 사람들이 같은 생각의 울타리 안에 들어와 있다는 이야기이다. 거기에서부터 상호 이해와 양보가 생겨나는 것이다.

현대사회의 문제점은 잔뜩 부풀어 오른 풍선처럼 곧 터질 듯 팽창해버린 이기주의요, 독단적인 개인주의에서 온다는 것은 누구나가 다 잘 알고 있는 사실일 터, 우선은 타인과의 공감에 대한 노력이 이런 문제점을 풀어나가는 시발점이 되지 않을까 하는 생각이 든다. 그리고 공감의 가장 선순위적인 행동은 무엇보다도 상대방의 얘기를 듣는 것이 아닐까 한다. 내 얘기를 하는 것이 아니라, 먼저 그 사람의 얘기를 듣는 것. 이는 내 마음을 그 사람에게 알리고 인정받기 위한 가장 첫 번째 단계일 것이다. 먼저 상대방의 얘기를 듣는 것이 그만큼 중요하다는 뜻이 된다.

다른 사람의 얘기를 듣는다는 것은 사실 참으로 피곤한 일 중 하나이다. 많은 인내심과 끈기를 요구하기 때문이다. 그만큼 사람은 항상 자기 얘기를 먼저 하고 싶어 한다. 그러나 그 사람의 얘기를 먼저 잘 듣고, 그리고 내 얘기를 하다보면, 우리 가슴을 꾹 누르고 있던 체기가 서서히 사라지게 됨을 느끼게 될 것이다. 그래서 경청이 참 중요하다는 생각을 다시 한 번 하게 된다. 그러는 중에 서로 간에 공감이 이루어지고, 따뜻한 위로를 주고받게 되며, 쌓였던 우리 일상의 피곤함도 서서히 씻겨 내려갈 것이다.

상대방의 얘기를 들어주기만 해도, 내가 아무 것도 하지 않고 잘 들어주기만 해도, 그 사람은 변한다. 너무 단순하고 식상한 그런 이치가 다시금 우리들의 사회생활에 필요한 것이다. 상호 공감 속에서 따뜻한 위로가 생겨나는 것이며, 그 공감은 먼저 상대방의 얘기를 잘 들어주는 것에서 시작된다.

아주 오래 전에 들었던 어느 목사님의 강연이 생각난다. 사회의 밑바닥을 누비며 사는 불량배들과 같이 기거를 하던 목사님의 삶은 매일 매일이 고통과 고난의 길이었다. 그들을 올바른 생활인으로 인도하고, 정상적인 삶의 궤도에 올려놓기 위하여 그 자신은 맨발로 자갈길을 걸었다. 손발이 찢어지고 부르터도 같이 땀 흘리며 일했다. 직접 땀을 흘려서 얻는 성과만이 의미와 가치가 있음을 모두가 공감하게 하였다.

그러던 어느 날, 전과가 몇 범은 되는 불량배 한 사람이 목사님을 찾아왔다. 맨 처음 몇 마디를 나누면서 목사님은, 어떻게 하면 이 사람을 올바른 삶의 길로 인도할 수 있나 하는 고민은 잠시 접어두고, 무슨 말을 하려는 건지 한번 들어나보자, 했다고 한다. 목회자로서 여러 가지 생각이 들었을 것이다.

아무리 기도를 해도 답이 나오지 않을 듯한 사람. 온갖 표정과 말투에 범죄와 흉악함이 줄줄 흐르는 그 불량배와 단둘이 앉아서 목사님은 더 이상 아무 말도 하지 않았다. 아마 다른 목회자 같았으면, 자, 기도합시다. 우리 하나님은 당신의 모든 것을 다 용서하십니다. 형제여, 하나님 앞에 매달리면 새 길이 보이고, 새 삶이 보일 것입니다. 자, 기도 합시다, 하고 그의 어깨에 손을 올리고 기도를 했을 것이다. 그러나 목사님은 아무것도 하지 않았다. 오직 그의 이야기를 듣고만 있었다.

그 이야기들은 정말로 재미없는 범죄자의 신세한탄이었다. 자기합리화에 대한 것뿐이었다. 모두 범죄에 대한 이야기였고, 사람들이 자기를 무시해서 모조리 죽여 버리고 싶다는 분노와 증오의 이야기들이 전부였다. 유사한 얘기를 또 하고, 또 반복할 뿐이었고, 들을수록 지루하고 따분한 것들이었다. 그는 벌써 몇 시간째 그렇게 떠들고 있었고, 목사님은 벌써 몇 시간째 아무 말도 하지 않고, 그의 이야기를 듣고만 있었다. 목사님의 몸은 점점 꼬여갔다. 몸이 꽈배기처럼 뒤틀리고, 몸 여기저기서 쥐가 났으나 꾹 참았다. 열심히 그의 이야기를 경청했다.

여덟 시간이 족히 넘었을까, 전과자가 별안간 눈물을 터뜨렸다. 그리고 소리쳐 울부짖었다. 목사님! 목사님! 그리고는 목사님 발 앞에 꿇어앉았다. 펑펑 눈물을 흘리며 고개를 바닥에 파묻고는 목사님의 두발을 붙들었다. 그때까지 목사님은 아무것도 하지 않았다. 아무 말도 하지 않았다. 단 한마디도 하지 않았다. 기도의 기자도 꺼내지 않았다. 그저 그의 이야기를 묵묵히 끝까지, 똑바로 앉아서 경청해주었을 뿐이었다.

강연이 끝날 무렵, 목사님은 청중들에게 이렇게 말했다. 그 전과자의 말이, 여태껏 자기 얘기를 끝까지 들어준 사람이 단 한 명도 없었다는 것이다. 자기가 무슨 말을 하려고 하면, 상대방이 중도에 못하게 하거나 자리를 피하거나 했다는 것인데, 자기가 전과자이며 불량배이기 때문에 그랬을 것이고, 그럴 때마다 사회에 대한 분노와 증오가 치밀어 올라 모두 죽여 버리고 싶은 충동 속에 계속 살았다는 것이다. 그런데, 오늘 처음으로 그동안 하고 싶었던 얘기를 처음부터 끝까지 다했다는 것이고,

이제 그동안의 모든 한이 다 녹아내려 마음속이 시원하게 뻥 뚫렸으며, 그것을 다 들어준 사람이 처음으로 목사님 한 분이라는 것이다.

악인이 변한 것이다. 상대방의 얘기를 들어주기만 해도, 내가 아무것도 하지 않고 잘 들어주기만 해도, 그 사람은 변한다. 너무 단순하고 식상한 그런 이치가 다시금 우리들의 사회생활에 필요한 것이다. 상호 공감 속에서 따뜻한 위로가 생겨나는 것이며, 그 공감은 먼저 상대방의 얘기를 잘 들어주는 것에서 시작된다.

뭔가가 안 통해, 답답해, 이런 갑갑함은 앞으로 우리들 마음을 더욱 조일 것이다. 가뜩이나 나 자신이 피곤한 세상인데, 신경을 써가며 상대방 이야기를 듣기가 어렵다. 단절로 인한 분노는 점점 깊어진다. 그러나 그 불통의 원인은 바로 나한테 있다. 상대방의 이야기를 먼저 들으려 하지 않는 나의 불통이 나를 힘들게 하고 있는 것이다. 소통이라는 것은 그런 공감과 위로의 계단을 하나하나 디딜 때 생겨난다. 그 계단을 딛고 올라가다 보면 같이 손을 잡고 걸어갈 수 있는 넓은 다리가 보이는 것이다.

돈, 그 현실적인 무거움과 가벼움

이제 남은 생을 편안히 살려면 적어도 얼마의 돈이 필요한가. 공무원이건, 직장인이건, 교사이건, 군인이건 그 누구나가 현역에서 은퇴하면 반드시 한 번씩은 가져야 하는 생각이다. 앞으로 편안히 살겠다는 생각은 그동안은 밥벌이 하는데 온 피와 땀을 쏟았다는 숨 가빴던 현실의 반증이다. 그만큼 힘들게 살았다는 말이지만, 남은 생을 편안히 살게 될지는 알 수 없는 일이다.

어림잡아 60세부터 정규적인 돈벌이를 멈추고, 대략 80세까지 산다고 치면 20년 동안 필요한 돈이 내 수중에 있어야 한다. 좀 늦게까지 돈벌이를 한다손 치더라도 요즈음은 장수시대이니, 어떻든 20년 정도는 돈벌이 없이 지내게 될 것으로 보인다. 연금이니 뭐니 해서 들어오는 돈이 있다하더라도 현역시절의 그것보다는 분명 못할 것이다.

아무튼 그 20년 동안은 세끼는 먹어야 하고, 현역시절처럼은 아니지만 주변의 경조사 참석 등 품위유지는 하여야 하며, 친목회 서너 개쯤은 나가야 한다. 거기에다가 병원비는 자꾸 늘어나게 되니, 적어도 몇 억은 필요하다느니 그것보다 훨씬 더 필요하다 등등 답답한 계산이 쏟아져 나온다. 거기에다가 몇 년에 한 번 정도는 해외여행이라도 다녀와야 하니, 현역시절의 돈과 은퇴 후의 돈은 그 가치에서 천지 차이가 난다.

그중에서도 가장 큰 지출은 병원비일 것이다. 그 비용은 나이가 들수록 점점 늘어만 갈 것이고, 혹시나 큰 수술이라도 받게 되면 정말 속수무책이다. 그렇다고 결혼하여 빠듯하게 살아가는 자식에게 손을 내밀기도 그렇다. 왜 그런 대책도 세워놓지 않았나 하고 오히려 자식들로부터 핀잔이나 들을 것 같다. 현상황은 이처럼 무서운 현실로서 다가오는 것이다.

돈은 반드시 필요하다. 그 누가 돈을 싫다고 하겠는가. 엄연하고 냉혹한 현실을 만드는 것이 바로 돈이요, 그 돈 앞에서 우리는 다시 냉혹해지는 것이다. 그 냉엄하고 차가운 생존의 현실 앞에서는 솔직히 종교도, 철학도 별 힘을 쓰지 못하는 것이 피할 수 없는 사실 아니겠는가. 돈을 많이 벌어서 행복하게 살겠다는 인간의 욕망을 누가 비난하겠는가. 종종 그 많다는 정도의 차이 때문에 문제가 되곤 하지만, 오늘도 사람들은 그 돈을 벌기 위하여 열심히 시간을 누비며 거리를 달리고 있다.

돈이 맘몬(Mammon)으로 취급을 받다가 타락의 매개체로 지

목을 받는 일은 우리 주변에 비일비재하다. 돈이 무슨 잘못이 있겠는가. 그것을 벌고, 관리하고, 쓰는 사람의 잘못 때문이다. 우리는 앞으로 내가 살아가는데 얼마만큼의 돈이 필요한지를 냉정하게 판단하고, 한번 헤아려 볼 필요가 있다. 다다익선을 생각해서는 안 된다. 너무 큰돈은 그저 펄럭이는 남의 옷자락일 것이며, 사용하기가 어려운 골동품 금제 주전자일 뿐이다. 반면에, 너무 작은 돈은 남루한 내 눈물일 수 있다. 과연 나에게 적정한 돈은 얼마인가.

소설가 김훈은 그의 두 번째 세설집(世說集)『밥벌이의 지겨움』에서, "나는 백만 원이나 이백만 원의 위력과 구매력을 시시콜콜히 이해한다. 백만 원이 있으면 어느 정도의 물건을 살 수 있고, 어느 정도의 문제를 해결할 수 있는지 나는 훤히 알고 있다 (중략) 그러나 천만 원이 넘으면, 돈에 대한 나의 이해와 감각은 단절된다. 천만 원이라는 돈이 이 세상에서 발휘할 수 있는 위력과 그 지배력의 범위가 어느 정도인지 도무지 감이 잡히지 않는다. 그때부터 돈의 액수는 난해한 동그라미들로 표시되는 추상적 기호에 불과하다"고 말했다. 이러한 그의 촌철살인적인 한마디는 돈의 개념에 대하여 우리 모두를 한차례 생각해 보게 만든다.

자고로 돈이란 지위고하를 막론하고, 누구에게나 이래야 한다. 김훈은 그렇게 말하면서, "불쌍하다 나여, 이래 가지고 어찌 세상을 향하여 글을 쓴답시고 줄담배를 피우며 앉아있는가"라는 본인 특유의 깊이 있는 유머의 시선으로 돈이라는 엄연한 현실 앞에 앉아 있는 자신의 모습을 들여다보았다.

그렇게 먼 과거가 아닌 어느 날, 나는 시내 모 방송국에서 근무하는 한 친구를 만날 기회가 있었다. 그는 드라마를 제작 관리하는 고위직에 있었는데, 나는 그때 놀랄만한 얘기를 하나 들었다.

유명한 드라마작가가 쓰는 드라마 원고는 한 회 분량당 몇 백만 원 이상은 주어야 한다는 것이다. 내가 직접 확인한 것은 아니라서, 확언을 할 수는 없지만, 그렇다면 그 드라마 전체 한 편에 대하여 대략 시나리오작가가 받는 금액은 몇 억 원은 훌쩍 넘으리라. 소위 잘 나가는 작가에게는 그 이상, 김훈의 말처럼 난해한 동그라미들이 추상적 기호처럼 붙어 있는, 수억의 금액을 지불하여야 된다는 것이다. 그것도 각 방송국에서 서로 모셔가려고 경쟁을 한다는 것인데, 물론 아주 잘 나가는 몇몇 작가들의 특수한 경우겠지만, 아무튼 놀랄 일임에는 분명하다.

배우나 텔런트의 경우도 마찬가지라고 한다. 잘 나가는 사람들은 그 출연료가 우리의 상상을 초월한다. 광고모델료 역시 우리의 상상, 그 이상 더 높은 곳에서 이루어진다고 한다. 그런데 이 막대한 비용은 모두 누가 내는 것인가. 결국은 일반 소비자 개개인의 몫으로 돌아가는 것은 아닌가.

물론, 인기 없는 작가나 배우, 탤런트의 경우는 전혀 그렇지 않을 것이다. 밥벌이 정도만 주어도 좋으니, 자기의 작품이 한 편의 드라마로 엮어지기를 바라는 무명작가들이 또 얼마나 많을 것인가. 드라마에 등장하는 엑스트라들은 일당 몇 천원으로 끝나는 경우가 허다하다. 그것도 아마 치열할 것이다.

문제는 최고와 최저의 차이가 하늘과 땅보다 수천 배는 더 크다는 것이다. 그 갭이 커질수록 이 사회는 삶의 아름다운 기운이 점차 사위어지고 말 것은 자명한 일이다. 너무 많은 돈을 명예처럼 받으며 누렸던 연예인이 어느 날 퇴각하고 말았을 때, 그 허허로움을 견디지 못하고, 스스로 패망의 인생길을 가는 경우도 우리는 종종 보고 있다. 너무 과다한 돈은 삶을 피폐하게 만든다.

앞으로 내가 살아가는데 필요한 적정의 돈이 얼마쯤인지는, "돈의 액수가 작아질수록 나의 이해는 점점 깊어진다. 이천 원이 있으면 버스를 타고 팔백 원을 거슬러 받는다는 식이다"라는 김훈식 사고방식 위에서 한번 계산을 해보는 것이 바람직하지 않을까.

멋부리는 사회, 마음에 맞는 옷

　사람이 겉모습에 신경을 쓰고, 치장하고 꾸미는 일에 관심을 갖게 된 것은 옷을 입기 시작하면서부터일 것이다. 인간의 옷에 대한 역사는 신석기시대로 거슬러 올라간다고 한다. 당시의 뼈로 된 바늘이 발견되었다고 하니, 그때부터 옷을 만들어 입었을 것이라고 추측을 하게 된다. 평생 살면서 벗고 입고 하는 옷, 그래서 옷처럼 신경 쓰이는 물건은 또 없을 것이고, 거기에 들이는 시간과 경비, 그리고 정성도 만만치 않은 것이 사실이다.

　쇼핑이라는 것이 꼭 옷을 사는 것만을 뜻하지는 않겠지만, 그것의 상당 부분을 차지하는 것이 바로 의류의 구입이 아닐까 한다. 특히, 사시사철이 있는 나라의 경우, 그 계절에 맞게 옷을 입어야 하니, 비바람과 추위를 막기 위한 본연의 기능 외에 옷은 그때그때마다 멋을 부려야 하는 수단으로도 간주되는 바람에 이러한 옷에 대한 신경 쓰기는 네 배로 늘어나게 된다.

　일 년 내내 더운 열대지방은 그래도 이런 나라보다는 상대적으로 편하고 자유로울 것이다. 물론, 계절이 하나라고 해서 사람들이 옷치장에 관심이 없고, 의류산업이 별 볼일 없지는 않을 것이다. 그 나름대로 치장하는 방법이 있을 것이고 돈도 들고 하겠지만, 사계절이 있는 나라처럼은 아닐 것이라는 생각이 든다.

그런데, 얘기를 뒤집어보면 옷 때문에 즐거움을 누리는 사람도 많다. 사시사철, 거기에 맞게 옷을 찾아 입고, 스카프를 두르고, 액세서리를 달고, 또 구두를 맞춰 신고 하는 즐거움을 엔조이하는 사람들도 많은 것이다. 달라지는 계절에 맞춰 멋을 찾는 그런 맛에 사는 사람들도 우리 주변에 꽤 있지 않은가. 아무튼 이런 것 때문에 생기는 즐거움과 또 피곤함이 현대인들 생활의 상당 부분을 차지한지도 꽤 오래 되었다.

헨리 데이빗 소로는 『월든』에서, 대체적으로 사람들은 건전한 양심을 갖기보다는 유행에 맞는 옷에 더 신경을 쓰고 있다고 지적했다. 떨어진 바지를 입기보다는 차라리 다리가 부러져 거리를 절룩거리며 걷는 것을 택할 것이라고 얘기한 그는, 사람들은 무엇이 진실로 존경할만한 것인가보다는 세상 사람들이 존경하는 것이 무엇인가를 더 염두에 두고 살고 있다고 덧붙인다.

소로 얘기의 압권은, 당신이 마지막 입었던 옷을 하수아비에게 입혀놓고 그 옆에 알몸으로 서 있어 보면, 사람들은 누구나 당신보다는 그 허수아비에게 먼저 인사할 것이라는 부분이다. 사람이 옷이라는 껍데기에 대하여 얼마나 신경을 쓰며 살아가고 있는지를 뼈아프게 지적한 말이다. 겉만 번지르르하고, 속이 썩으면 안 될 일이다.

이런 얘기에 남녀를 구분해서는 안 되겠지만, 사실 남자들의 옷은 대부분 뻔하다. 와이셔츠, 양복, 외투, 그리고 한여름에는 그냥 반바지에다가 반팔 티면 된다. 물론, 질의 문제일 것이고, 역시 메이커를 따지기 시작하면 한이 없겠지만, 일반적으로 그렇다는 이야기이다. 여기에서 멋 부리는 남자들은 일단 제외하겠다. 반면에, 여자들의 경우는 많이 다르다. 우선 디자인부터, 메이커부터 그리고 천의 바탕부터, 장식부터, 옷에 다는 액세서리부터, 그리고 무엇보다 예민한 문제인 남의 시선부터 얘기가 확 달라지는 것이다. 물론, 이런 여자 같은 남자도 있고, 위의 남자 같은 여자도 있다. 아무튼 옷이나 액세서리를 만드는 회사는 여성을 가장 중요한 고객으로 타깃을 정한다. 그래서 소로는 옷에 대한 바느질을 언급하면서, 여자 옷은 결코 완성되는 날이 없을 것이라고 이미 갈파했던 것인가.

오래 된 의류광고 중에, 새 옷인데도 10년 된 듯한 옷, 10년인데도 새 옷인 듯한 옷이라는 멘트가 떠오른다. 이 광고의 본뜻은 다른 곳에 있을지라도, 의미가 있게 들린다. 옷은 이래야 된다고 생각한다. 오래된 옷이라고, 유행을 떠난 옷이라고 무턱대고 벗어 던져버릴 필요까지는 없지 않겠는가.

모든 사물은 그 본연의 기능에 충실해야 하고, 그것을 쓰며 부리는 사람은 그런 인식을 가져야 한다. 그것이 사물과 사용자의 상호 건전하고 바람직한 의무이다. 우리는 살아가면서 그 사물의 본질적 목적이 무엇인가를 항상 염두에 둘 필요가 있다. 옷이란 추위와 더위를 가려주어서 우리의 체온을 유지시켜주는 것이 그 본질적 목적이요, 의무가 아닌가. 그리고 우리는 옷을 그런 목적으로 입는 것이 아닌가. 주된 목적을 잊으면 안 되는 것이요, 그것은 내 의무를 게을리 하게 되는 것이다.

물론 거기에 멋까지 드리워진다면 금상첨화겠다. 하지만 본론과 서론이 바뀌게 되면, 모든 상황은 부자연스러워지고 그 진실한 가치는 떨어지게 되고 마는 것이다. 사실 옷이란 다 그게 그거다. 소위 기지라고 하는 천의 재질도 무슨 기능이니 하여 발전의 발전을 거듭하였지만, 그 이전과 크게 차이는 없다. 아무리 수천 년의 역사가 지났다 해도, 옷의 모양 역시 별 차이는 없다. 다 거기에서 거기인 것이다. 크게 변화시켜 놓을 수가 없는 것이 우리들의 옷이다. 상의를 밑에 입고, 하의를 위에 입도록 만들 수는 없지 않겠는가.

마음의 옷을 잘 입고 다녀야겠다. 제 마음에 맞는 옷을 입고 다녀야겠다. 질 좋고, 멋있는 옷, 남들에게 자랑하고 싶은 옷은 마음의 옷을 잘 입은 후에, 입고 다녀야 한다. 그것이 진정으로 멋 부릴 줄 아는 사람의 옷 입는 방법일 것이다.

이 세상 최상위 포식자

독수리가 하늘의 제왕이라면 지상의 제왕은 사자나 호랑이일 것이다. 바다의 제왕은 고래인가, 상어인가. 인기 텔레비전 프로그램인 〈동물의 왕국〉을 보면서 나는 매번 포식자라는 것에 대하여 생각해 보지 않을 수가 없었다. 제왕이란 곧 최상위 포식자를 의미하는 것일 테고, 모든 생물은 그 포식자에게 잡혀 먹히지 않기 위하여 몸부림치며 살게 되어 있다.

이러한 포식자들의 세계를 우리 인간사회에까지 적용 해석하기에는 자존심이 상한다. 그저 힘센 놈이 약한 놈을 잡아먹고 사는 약육강식의 사회가 오직 동물의 세계에서만 있는 것은 아닐 테지만, 어떻든 우리는 독수리도, 사자나 호랑이도, 고래나 상어도 다 잡아 죽일 수 있는 능력이 있는 것이 사실이다. 그러나 그것들을 먹이로 하는 것은 아니기 때문에 우리들에게까지 포식자라는 표현을 붙이기에는 많이 불편하고 어색하다.

이 세상에 태어나서 평생 남의 먹이만 되어주다가 죽고 마는 생물들은 너무나 많다. 물결에 떠다니는 플랑크톤이 그러할까. 아닐 수도 있다. 플랑크톤에게 잡혀 먹히는 또 그 무엇이 있는지는 잘 모르겠지만, 물이나 먹고 공기나 마시며 살다가 누구에겐가 잡혀 먹히는 어떤 존재가 또 있지는 않을까. 식물이 그러한 존재에 속할 것인가. 식물의 세계로 넘어가면 이야기는 달라지지만, 아무튼 이 지구의 역사는 포식자들의 역사이기도 하다.

최하위 존재부터 중간 중간 단계의 포식자들을 거쳐 최상위 포식자까지, 그들이 당한 갖가지 스토리가 역사의 일부라고 해도 틀린 말은 아니다. 그런 것들의 생과 사에 대한 치열한 기록들이 역사의 한 부분을 구성하면서 엄연한 사실로서 우리들에게 다가오고 있는 것이다. 우리 인간의 역사도 마찬가지이다.

1968년인가 처음 개봉해서 몇 차례의 시리즈로 대중의 인기를 끌었던 영화, 〈혹성탈출〉에서는 유인원이 인간을 지배하는 모습이 그려진다. 만물의 영장인 인간을 지배하는 생명체가 있다는 것을 원숭이 모습의 유인원을 통하여 갖가지 상황을 설정하고 그려본 영화인데, 인간보다 지능이 뛰어난 생명체가 있다면 이것은 그래도 가능한 이야기가 아닐까 하는 생각을 해보게 된다. 그 끝을 알 수 없다는 이 넓고 넓은 우주의 어느 혹성 하나에 인간보다 지능이 뛰어난 어느 미지의 생명체가 살고 있을지도 모르는 일이기 때문이다.

아무리 종족의 숫자가 많고, 아무리 이빨이 강하고 날카롭고 힘이 세더라도 종국에는 지능에 의한 지배를 이겨낼 수는 없을 것이다. 결국 최상위 포식자는 최고의 지능을 가진 자나 그 무엇이 아닐까. 이런 생각을 하다보면 나는 슬그머니 등골이 서늘해진다.

2016년 3월, 세계의 관심을 끌어 모았던 이세돌 9단과 알파고와의 싸움에서 한국의 대표기사 이세돌 9단은 5전 1승4패로 지고 말았다. 중국의 대표기사이며, 당시 세계 랭킹 1위인 커제 9단도 3:0으로 완패하고 말았다. 바둑의 명수가 바둑 두는 것이 고통스러웠다라고 할 만큼, 그들은 냉정한 문명의 인공지능 앞에 두 무릎을 꿇고 만 것이다. 알파고를 만들어서 바둑계 세계챔피언 두 명을 KO시킨 데미스 하사비스 구글 딥 마인드 최고경영자는 이 승리 후에 씁쓸한 웃음을 지으며 바둑계에서 알파고를 은퇴시켰지만, 그는 언제 또 다시 화려하게 복귀할지 모른다.

인간과 문명의 대결에서 그 문명을 만든 인간은 지고 말았으며, 그 문명을 파괴해 버리지 않는 한, 또 다시 지고 말 것 같다. 이는 비단 바둑에 대한 얘기만은 아니다. 알파고를 능가하는 그 무엇이 다양한 산업의 현장에 투입되고 있는 작금의 시대에, 이러한 인공지능의 등장은 이제 인간사회의 각 분야에서 우리들의 자리와 위치와 그 생각까지도 위협하고 있다. 인간의 능력이 결국 인간의 양손과 다리에 단단한 수갑과 족쇄를 채워가고 있는 것이다. 우리 인간은 이미 원자폭탄을 넘어서 수소폭탄까지 척척 만들어내고 있지 않은가. 핵이라는 어마어마한 능력의 물질을 만들어 이용도 하지만, 악용도 하고 있지 않은가.

반도체가 과거 지퍼나 콘돔처럼 인간이 만들어낸 창작물 중 가장 위대한 역사적 산물이라는 것은 누구나 다 아는 사실이지만, 그것이 우리들의 손과 발을 조이고, 우리들의 생각을 파고들어 기어이 우리들을 비좁은 항아리에 가두게 될지도 모르는 일이다.

물론 우리 인간은 이러한 인공지능의 최고 수준을 시현해보고, 그것을 도구로 삼아서 새로운 지식영역을 개척하여 미래의 우리 삶을 더욱 편안하고 행복하게 하려고 노력할 것이다. 인공지능은 그런 인류생활의 발전에 기여할 것이고, 모든 과학자들은 그러한 숭고한 인류발전에의 이바지를 목표로 이러한 노력을 경주하고 있음에 이견이 없다. 그러나 그 이면에 있는 인간의 외로움과 소외감을 간과해서는 안 될 것으로 보인다. 인간의 정신적 세계는 존경받아 마땅하며, 그 생각의 가치와 깊이는 성스럽고 무한하기 때문이다.

그렇다 하더라도 내가 만든 물건에 내가 당하고 마는 일은 앞으로도 비일비재 할 것이다. 내가 만든 문명과 대적해서 그것을 이기지 못한다면 우리는 어떻게 될 것인가. 지배를 당하고 말 것이기에, 그 문명을 파괴해 버려야 하는가. 이 세상의 가장 최상위 포식자는 미래에 누가 될 것인가. 누가 그 최상위의 자리에서 군림할 것인가. 물론 우리 인간일 것이라고 믿지만, 작금의 사회적 현상을 보면서 이런저런 상상에 생각은 자꾸 내려앉기만 한다.

어디까지 나갈 것인지, 문명의 목적은 어디인지, 인공지능의 발달이 과연 어디까지 갈 것인지 알 수가 없어 두려운 것은 사실이다. 내가 만들고도 두려운 것이 사실이어서, 나의 즐거움이 나의 비극으로 끝나는 일은 없어야 할 것이다. 아무튼 인간이 무엇에겐가 잡아먹히면 안 되지 않겠는가.

은퇴는 또 다른 시작이다

오랜 직장생활에서 은퇴하여 드디어 집에 들어앉게 되었다. 수십 년 동안 다람쥐 쳇바퀴 돌듯 살아온 내 인생이 가없고 불쌍하여 내일부터는 늦잠도 실컷 자고, 게으름도 한번 잔뜩 피워보겠다는 생각으로 은근히 들뜨게 되거나, 그동안 내가 너희들 먹여 살리느라고 고생했으니, 이제부터는 나를 좀 편안히 놓아주되 무시하지 말고, 잘 보살피라는 무언의 헛기침 같은 것을 가족들에게 날리게 되는 것도 사실이다.

보고 싶었던 책, 친구들 만남, 혼자만의 여행, 개인 취미생활 등 그동안 하고 싶어도 하지 못했던 것들이 얼마나 많았던가. 우선은 이 지구상에서 가장 늦게 일어나 뒹굴뒹굴 구르다가 아내가 차려주는 아점을 먹고, 낮 시간에는 무슨 프로를 하는지 채널을 죄다 돌려가며 텔레비전을 실컷 보는 것부터 시작을 해서 또 무엇을 할까 …… 이런저런 생각으로 행복한 고민이 시작되는 것이다.

이는 그동안 오랫 동안 직장생활을 하며 무거운 짐을 지고 온 사람들이라면 누구나 갖게 되는 은퇴 후의 생각이 아닐까. 특히, 학교 공부를 마치자마자 한 직장에 입사하여 그곳에서 평생을 다 바치고 정년퇴직한 나에게 그런 굴레에서 벗어났다는 해방감은 8.15의 기쁨만큼이나 큰 것이었다.

드디어 은퇴를 한 날, 아내는 고생했다고 내 등을 두드리며 위로와 격려를 해주었다. 그러나 요즈음같이 장수하는 시대에 돈을 더 벌어야 하지 않겠나 하는 미래에 대한 불안감을 감추려고 에둘러 그랬던 것인지는 잘 모르겠지만, 나는 그것을 본심으로 믿고, 나 스스로를 대견스럽게 생각했다. 아무튼 나는 드디어 방에 들어앉게 되었다.

사실 그런 해방감과 함께 오는 것이 피할 수 없는 허탈감이라고 하였는데, 내 경우도 바로 그랬다. 그렇다고 퇴직할 당시, 높은 자리에 있었던 것도 아니다. 한 직장에서 신입으로 시작하여 정년을 마쳤으니, 이것이 무능해서 그런 건지, 유능해서 그런 건지를 떠나서 마구 달려가다가 별안간 방향을 잃고 주저앉은 것처럼 허탈감은 그렇게 다가왔지만, 나는 그럭저럭 그것을 잘 넘기고 있었다.

이야기가 이쯤 되면, 여러분께서는 이제 어떤 이야기가 시작이 될지 알아채셨을 것이다. 한 달 두 달 지나가면, 당시의 내 생각에 서서히 잔금들이 가기 시작한다. 그것이 알량한 꿈이었고, 별 볼일 없는 희망이었고, 불안한 소망이었다는 것은 삼식이가 되지 않아도 자명해지는 것이다.

아내의 눈과 자주 마주치다보니, 아무것도 아닌 일로 소모적인 다툼이 생기고, 자꾸 의기소침해지고, 자괴감도 들고, 집에 있는 것이 슬슬 불안해지기 시작해서 할 것도 없는데 집 밖으로 나오게 된다. 그 정도가 더 깊어져서 공황장애니, 무슨 장애니 해서 정신과 치료도 받았다는 주변 친구의 얘기가 들리기 시작하는 시기가 이때가 되는 것이고, 안 되겠다, 무슨 탈출구라도 하나 만들어야겠다고 해서 하는 것이 등산이요, 도서관 가기가 되는 것이다. 물론, 다시 취직을 하여 현직으로 돌아가는 사람은 여기에서 예외가 되겠지만.

청계산학파, 도서관학파 …… 은퇴 후의 사람, 특히 남자들의 생활은 크게 이렇게 구분되어지는 것 같다. 물론 다는 아니지만, 많은 사람들이 자의 반, 타의 반으로 이러한 학파에 속해지지 않을까. 그래도 학파라고 불리는 것에, 그 애교 있는 비아냥 속에 소소한 위안이 숨어 있다. 나는 막 은퇴 후에 어느 점잖은 친구로부터 이 학파라는 단어를 들었는데, 처음에는 이것이 무엇인지, 무슨 학파인지, 대학에 있는 무슨 학과인지 의아했다가 나중에 스스로 알게 되어 쓴웃음이 나왔다.

주중이라도 청계산에 가면 많은 사람들을 만날 수 있다. 울굿불굿한 등산복 차림에 멋들어진 모자를 눌러쓴 많은 사람들이 즐거운 모습으로 산길을 오르내리고, 약수터에 앉아 샘물을 마시고, 산중턱 바위에 앉아 얘기들을 나눈다.

구슬땀을 흘리며 산 정상에 오르면 많은 사람들이 삼사오오 앉아 땀을 닦고 담소를 나누며, 물을 마시고 오이를 잘라먹는다. 옆이나 뒤에서 보면 모두 삼십대 정도로 보이나, 모자를 벗고 나면 두 배 이상의 나이가 틀림없다. 희끗희끗한 머리칼, 주름진 얼굴, 선한 눈웃음, 나누는 얘기를 듣지 않아도 그들은 분명 학파의 학자들이다. 인생을 더 깊이 연구하는 학자들임에 틀림이 없는 것이다.

국립도서관에 가면 열람실에 앉아 책을 보는 사람들을 만나게 된다. 젊은 사람, 나이 든 사람, 중간 정도 사람, 이어폰을 꽂은 사람, 필기를 하는 사람, 남자, 여자 등 다양한 사람들이 이런저런 책을 펴고, 크고 작은 노트북을 켜고, 뭔가를 열심히 하고 있다. 그들 역시 큰 학파 중 하나인 도서관학파의 학자들이다. 지금 하고 있는 방법은 다 달라도 목표는 매한가지일 것이다. 어떻게 하면 단 한번인 이 인생을 잘 살아갈 것인가.

이제 어느 학파에든 속해야 할 때가 왔다. 그 공부기간이 짧든 길든, 얼마가 남았든 이 중 한 군데에, 아니 두 군데 다도 괜찮고, 어디엔가 잠시 들렀다가 가는 것도 좋을 것이다. 어느 학파에서 내 인생의 마지막 연구를 해나갈 것인가. 전공이 안 되면, 부전공으로라도 한번 해봐야 할 것이 아닌가. 양대 학파의 학자들이여, 여러분들의 그동안의 노고에, 그리고 새로운 용기에 갈채를 보내는 바이다.

잠으로의 도피

인간은 일평생 시간의 3분의 1을 잠을 잔다고 한다. 이는 그 귀한 시간을 잠자는데 써버린다는 아쉬움이 있는 반면에, 그만큼 잠이라는 것이 우리 삶에 있어서 매우 중요하다는 얘기도 된다. 잠을 자는 동안에 모든 동물은 꼼짝하지 않기 때문에 포식자에게 손쉬운 먹이가 될 수 있음에도 반드시 잠을 자야 하는 이유와 이점이 분명히 있다고 로이터통신의 수석기자였던 데이비드 랜들은 『잠의 사생활Dream Land』에서 말했다.

돌고래의 수면 중 뇌의 활동에 대한 그의 얘기는 매우 흥미롭다. 돌고래는 잠을 잘 때에도 뇌의 반쪽이 깨어 있어 숨을 쉬기 위해 수면 위로 올라가게 하고, 반쪽이 꿈을 꿀 때 나머지 반쪽은 포식자를 경계한다는 것이다. 잠을 자는 순간에도 살기 위하여 뇌의 반쪽이 계속 활동한다는 것도 흥미롭지만, 어떻게든 모든 생물은 잠을 꼭 자야 한다는 것이다.

잠은 우리 몸과 마음의 피곤함을 씻어준다. 잠을 통하여 몸의 노폐물이 제거되고, 정신적 고단함이 풀어진다. 우리가 모르는 수면 시간에 우리 몸속의 피와 세포들은 제 주인을 위하여 정성을 다 바친다. 구석구석 청소를 하고, 부서진 곳을 보수하며, 상처난 마음을 어루만진다. 다시 일어나 활동하는데 무리가 없도록 최선을 다하여 지친 곳과 아픈 곳을 복구하고, 다시 최상의 컨디션을 갖추도록 성심을 다한다.

이 세상에서 가장 심한 고문이 잠을 안 재우는 것이라고 할 만큼 잠은 우리 인간에게 매우 중요한 삶의 과정이요, 생존의 방법이다. 그렇기 때문에 잠은 몸과 마음이 지친 사람에게는 반드시 필요한 요건이다. 그것도 충분한 수면이 필요하다. 시험을 코앞에 둔 수험생들이 버스 안에서 서서 잔다거나, 걸으면서 존다는 얘기도 모두 수면의 불가피성과 중요성을 역설한 것이다. 목숨을 건 전쟁도 자면서 해야 하는 것이다.

이러한 잠이란 우리를 안식과 피난의 세계로 이끌어주기도 한다. 안식을 통하여 고단함을 씻고, 다시금 생활의 활력을 찾을 수 있는 것이기에, 인간은 종종 괴로움과 고통에 처해질 때 잠을 자고 싶어 한다. 잠을 잔다고 해결되는 것은 아니지만, 현실의 고통에서 벗어나 모든 것을 다 잊고 싶을 때, 깊은 잠속으로 숨고 싶은 것이다. 일시적인 회피라도 좋으니, 일단은 누구의 간섭도 받지 않는 잠이라는 장막 밑으로 들어가고 싶은 것이 우리 인간의 마음이기도 하다. 영원히 거기에서 깨어나고 싶지 않을 정도로 현실적 고통이 심각한 사람은 그래서 수면제를 과다하게 복용하게 되고, 불의의 죽음에까지 이르게 되는 경우도 있는 것이다.

　한참 직장생활에 바빴던 젊은 시절에 나는 항상 잠이 부족했다. 직장에서든 집에서든 여건만 되면 눈을 붙이고 싶을 정도로 잠이 부족하여 귀가하는 버스 안에서는 항상 졸았다. 그것처럼 달콤한 시간은 없었다. 특히, 겨울철에는 히터가 들어오는 좌석에 앉아 있노라면 저절로 눈꺼풀이 감기는 것이었다. 그러다가 내려야 할 정류장을 지나친 적이 한두 번이 아니었고, 가끔은 종점까지 갔다가 되돌아오기도 했다. 흔들리는 버스 안에서 등을 기댄 채, 사타구니 속으로 양손을 묻거나, 따뜻해오는 엉덩이 밑으로 손을 넣고 있다 보면 금세 단잠에 빠지게 되고 마는 것이다.

　그런 일상 속에서 토요일은 그야말로 보약과도 같은 날이었다. 당시에는 주 6일 근무였고, 토요일은 오전근무만 했는데, 퇴근 후에는 집 근처 사우나에 가서 한바탕 땀을 빼고 잠을 푹 자는 것이 큰 즐거움이었다. 회사의 한 상사는 그렇게 땀을 다 뺀 후, 수면제 한 알을 먹고 몇 시간이고 늘어지게 잤다. 그렇게 하면서 그동안 직장생활에서 쌓였던 피로를 풀고, 골치 아픈 일들은 잠시 잊곤 하였다.

세상을 살면서 힘들고 어려운 일과 마주치게 되면 사람들은 어떤 행동을 할까. 각자의 개성과 능력에 따라, 주변 환경에 따라, 그 괴로운 일의 정도에 따라 대처하는 방법이 각각 다를 것이다.

살다가 괴롭고 고통스러운 일과 맞닥뜨리게 되면 사람들은 일단 동굴 속에 들어가 앉는다고 한다. 대부분 남자들의 행동이라는 것인데, 자기만의 굴속으로 들어감으로써 우선은 그 괴로운 현실을 피하고, 그리고 천천히 대응방안을 생각해본다는 것이다. 그가 어떤 답을 갖고 나오든, 못 갖고 나오든 그러한 행동에 대해서 이해는 충분히 간다. 또 어떤 사람은 술을 실컷 마시거나, 아주 시끄러운 장소를 찾아가서 신나게 떠들고 놀고 할 수도 있다. 단기간의 나 홀로 여행을 떠날 수도 있다.

모두 괴로운 현실을 벗어나고 싶은 행동이며, 생각을 정리하고 싶은 마음에서일 텐데, 대부분 단기적인 대책일 것이라는 생각이 든다. 사람 사는 일이란 사실 그런 것이 아니겠는가. 장기적인 대책을 세워가며, 큰 굴곡 없이 꾸준히 살아가는 일이란 무척 소망스러운 것이지만, 사실 현대사회에서 그렇게 살아가기란 쉬운 일이 아니다. 로빈슨 크루소처럼 혼자 살아가는 사회도 아니고, 서로의 이해관계로 타인과 내가 복잡하게 얽혀있는 이 사회는 갈수록 나와 더 많은 타인들을 길고 짧은 끈으로 얽어매어 놓을 것이다.

이런 사회에서는 닥치는 괴로움이나 고통으로부터 그때그때 바로 탈출을 시도하는 것이 가장 좋은 방법으로 보인다. 스트레스 역시 쌓아둘 필요가 없다. 무익한 소변을 애꿎은 방광에 쌓아둘 필요가 없는 것처럼 직면한 스트레스는 가능한 한 조속히 풀어헤쳐 버리는 것이 좋다. 그리고 다시 자기의 현실을 잘 내다보고, 전진해 나가야 할 것이다.

이렇게 살면서 힘들 때마다 잠으로의 도피는 어떤가. 일단은 몸과 마음이 쉬어야 한다. 거기 곳곳에 끼어있는 노폐물과 쓰레기들은 좀 치워야 할 것이다. 우리는 잠 속에서 꿈을 꾸면서 여러 가지 생각과 행동을 한다. 현실에서는 불가능했던 바람이 그나마 꿈속에서 가능해질 수도 있다. 그러다보면 눈앞의 현실에 닥친 어려움이나 괴로운 일에 대한 답이 그 꿈속에서 찾아질 수도 있을지 그 누가 알겠는가.

일생의 3분의 1을 소비한다는 잠, 우리는 그 시간들을 충분히 써야 한다. 때로는 한꺼번에 십 수 시간을 써야 할 필요가 있는지도 모른다. 가끔은 며칠을 쉬지 않고 계속해서 이러한 잠으로의 도피를 하고 싶은 것이 바로 도시의 생활일 수도 있기 때문이다.

균과의 동침

  사람이 평생 살면서 얼마나 많은 병균들과 싸우고, 이기고, 지고, 그리고 더불어 같이 살까. 잘은 모르지만, 아마 수백만, 아니 수천만 마리 이상은 될 것이다. 내 몸을 포함해서 우리 주변은 온통 병균들의 집합소이다. 어디를 가든, 어디에 있든 그들과 더불어 살아가고 있다. 이렇다면 예리하게 각을 세울 일이 아니라, 차라리 우리 마음을 열고, 함께 살아간다 생각하고 지내는 것이 우리나 병균들에게 모두 편안할 것이다.

  세균은 병균보다 상위개념이라고 한다. 모든 세균이 다 병을 일으키는 것은 아니고, 그 중 병을 일으키는 세균을 병균이라고 한다는데, 아무튼 이를 모두 병균이라고 부르기로 하고, 내 주변에 있는 많은 병균들의 안부와 그 근황을 여쭙고자 한다.

  모든 생물체는 살기 위하여 몸부림친다. 운동능력이 없다고 하는 플랑크톤도 우리 눈에 보이지 않을 뿐이지 당연히 그럴 것이다. 살려고 몸부림친다는 것은 신이 모두에게 준 삶의 본능이다. 가장 기초적인 욕구의 행동인데, 이것을 하지 않는 생물은 이 우주에는 없다. 오로지 죽음만이 그것을 방해하려고 다가오고 있을 뿐이다.

내가 살려면 남을 죽여야 하는 철저하고 처절한 삶과 죽음의 세계가 바로 이 병균의 세계가 아닌가 한다. 그들은 애초 남을 꺼꾸러뜨릴 생각은 전혀 없었다. 사전에 나하고 무슨 원수진 것도 없고, 과거 조상들끼리 그러했던 것도 아니다. 단지, 그가 열심히 살다보니, 그가 살고 있던 몸 하나가 그만 쓰러지고 만 것이다. 그런데, 병균이 모르는 것이 하나 있다. 그 몸이 쓰러지면 결국 자기도 죽고 만다는 사실인데, 이것을 병균이 알게 될 때면, 병균과의 전쟁은 이제 끝나는 것인가. 그러나 그런 일은 영원히 없을 것이다.

그렇다고 병균들과 친하게 지낼 수도 없다. 그것들은 자꾸 자기들의 세력을 확대하려고 하기 때문이다. 살려고 계속 몸부림쳐대는 것이다. 내가 살려면 결국 그것들은 전멸시키는 싸움을 해야 하는데, 그 싸움이라는 것이 어떨 때에는 승부도 잘 나지 않고, 지치기만 하기 때문에 우리는 몹시 피곤해진다. 장기전으로 들어가면, 너무 힘든 것이 바로 이 병균과의 보이지 않는 전쟁이다.

나는 여전히 이런 전쟁을 치루고 있다. 벌써 수십 년이 넘었는데, 어떠한 승부도 아직 나지 않고 있다. 다행히 쓰러져서 누운 채로 치루는 전쟁은 아니지만, 나를 힘들게 하고 괴롭히고 있다. 바로 무좀균과 백선균과의 싸움이다. 그 외에 다른 균들도 내 몸에 엄청 많이 들어오고 나가고, 문제를 일으키고 했겠지만, 나도 모르는 것들이 부지기수였을 것이고, 그나마 내가 의식을 해서 치료를 하고자 했던 균들이 바로 이 무좀균과 백선균이었던 것이다.

무좀은 아마도 내가 군대생활을 하면서 생긴 것으로 알고 있다. 그전에는 내 발에 그런 일이 없었으니까. 내가 군대생활 할 당시에 통일화라는 신발이 있었다. 소위 워커라고 부르는 가죽으로 된 군화가 있었지만 워낙 귀해서 평상시에 우리는 헝겊과 고무로 된 통일화를 신었다. 항상 땀이 배있어도 발을 자주 닦지 못하는 군인들은 무좀에 쉽게 걸릴 수밖에 없었다.

그때 걸린 무좀이 여태껏 낫질 않아서 지금은 발톱들이 두껍고 흉한 모습으로 제멋대로 자라고 있다. 물론, 치료를 위하여 오랜 기간 동안 공을 엄청 들였다. 고통의 눈물을 삼켜가며 발톱 열 개를 다 뽑은 적도 있었다. 위장이 약해서 먹는 약은 피하고 바르는 약 위주로 치료를 했는데, 그게 그렇게 쉽게 낫지를 않는다. 재발이 밥 먹듯 하였다. 내 끈기가 부족했든지, 그 균이 엄청 센 놈이었든지 아무튼 죽을병이 아니니, 지금은 치료를 포기한 채 그냥 살고 있는 중이다.

백선의 하나라고 하는 균, 역시 나를 괴롭히고 있는 아주 못된 놈이다. 정체를 잘 알 수 없기는 무좀균과 비슷하다. 약을 바를 때에는 피부 깊숙이 숨어 있다가 주인 눈치를 살피며 다시 고개를 내밀곤 하는데, 이것 역시 쉽게 사라지지 않고 있다. 날씨에 따라 들락날락하기도 하는 것이어서 다 나았나보다 하다가는 어느 순간에 다시 가려움을 일으키는 것이다.

무좀이나 백선균 모두 피부병이다. 아주 고질적인 피부질환인데, 현대의학으로 치료가 안 될 수는 없겠지만, 나 같은 경우, 몸 주인인 내가 그냥 지쳐 떨어지니 손님인 그것들은 그저 초대받은 것처럼 행세를 하고 있는 것이다. 세상 얘기에, 의대생 중 피부과에 가장 우수한 인력이 모인다고 하던데, 피부병 치료가 그만큼 까다롭고 힘든 것이어서 인기가 있나 하는 생각까지 해볼 정도로 나의 무좀과 백선과의 전쟁은 끝이 보이질 않는다. 그나마 나 같은 경우는 주위에 옮지 않는 것이 큰 다행이다.

그래서 내린 결과는 같이 잘 사는 것이다. 암이란 병도 잘 데리고 살면 비록 불청의 낯선 객이지만, 평생 서로 더 이상 괴롭히지 않고, 그런대로 지낼 수 있으며, 그것이 현명한 생각과 마음가짐이라고 한다. 그러나 솔직히 적과의 동침이란 사실 너무나 불편하고 거북스럽기만 한 것이다.

어떻든 나에게 무슨 용빼는 재주가 있으랴. 치료에 대한 내 인내심이 고작 그것뿐이라는 자괴감도 숱하게 가져봤고, 또 다시 새 마음으로 치료를 시작해보곤 했지만, 그것들은 그냥 같이 살자고 저렇게 나에게서 떨어지기를 극구 거부하고 있다. 그래, 너희들 때문에 내가 벌러덩 자빠지거나 고꾸라지거나 할 정도는 아니니 그냥 살자. 그 대신 적당히 하자, 하고 나는 그것들과 그냥 같이 사는 수밖에.

그런데 요즈음에는 나한테 한 가지 균이 더 들어왔다. 아니, 예전부터 있었던 것일 텐데, 요즈음 한번 살아보겠다고 힘차게 몸부림치는 것 같다. 강박증이라는 것, 이놈은 나를 정신적으로 핍박하며 시간에 관계없이 괴롭히고 있다. 어디서 왔는지도 모를 뿐더러 그 정체를 알 수 없기는 무좀이나 백선을 넘어 황금박쥐보다 몇 십 배는 더하다.

이것에다가 균을 붙여서 강박증균이라고 부르고 싶다(이 질환에는 균이라는 글자를 붙일 수는 없겠지만, 아무튼). 이 균은 눈에도 보이지 않는 것이 무슨 일을 자꾸 확인하게 만들고, 한번 한 일을 반복적으로 하게도 만든다. 그렇게 안 하면 화장실에서 큰일 보고 그냥 나온 것처럼 찜찜하고 불안해지니 분명 강박증이다. 조금 심해지면 약을 먹어서 치료를 해야겠지만, 정신적으로 이겨낼 수만 있다면 한번 이겨보려고 버티고 있는 중이다.

조금 더 있으면 내 몸에 들어와 있는 어떤 균이 또 살겠다고 몸부림칠지 모르겠다. 너도 나를 벼르고 있겠지만, 나도 너를 벼르고 있으니, 가능하다면 서로 건드리지 말고, 그 상태로 조용히 살자. 내쫓지도 굶어죽이지도 않을 테니, 서로를 신뢰하고, 더 이상 괴롭히지 말고 잘 살아가보자. 무좀균, 백선균, 강박증균…… 살겠다고 몸부림치는 것은 너나 나나 다 마찬가지 아니겠는가.

스트레스, 그 양면의 날

스트레스가 우리 인간생활에 심각한 영향을 준다는 사실은 의사의 지적이 아니더라도 누구나 다 공감하는 일이다. 특히 현대 사회생활에서의 스트레스는 여러 분야에서 시시때때로 우리들의 마음과 행동을 힘들게 하고 피곤하게 한다.

개나 동물도, 심지어 식물까지도 지속적으로 스트레스를 주면 이상한 행동을 보이거나 성장이 제대로 안 되는 비정상적인 형태를 보이게 되는데, 하물며 인간에게 이러한 스트레스가 지속된다면 분명 불행한 결과가 초래될 것이라는 점에 의심의 여지가 없다.

그렇지만 우리는 다양한 스트레스를 받으며 살고 있다. 아니, 받지 않고서는 살아갈 수가 없는 것이 작금의 사회생활이다. 앞으로 더 심각하고 우려스러운 스트레스가 우리들을 기다리고 있으며, 이러한 것에는 한 번도 경험해보지 못했던 신종의 것들도 예상되기 때문에 우리들은 그 상황을 심각하게 받아들여야만 할 텐데, 그에 대한 대비는 예상되는 우려에 비해 오히려 반비례 하는 것이 아닌가 하는 걱정을 하는 것도 사실이다.

스트레스와 현대생활…… 워낙 식상한 주제에다가 대처해나가는 방안도 많고 다양하여, 그에 대한 전문가도 아닌 사람이 여기에서 이러쿵저러쿵 언급할 상황은 아니다. 다만, 모든 삶 속에는 적당한 스트레스가 있어야 한다는 것에 나는 전적으로 동의하고 싶다. 물론 이 역시 너무 당연하고 타당한 말씀일 것이다. 긴장감, 박진감, 치열함, 생기발랄 등 이런 것들이 바로 적당한 스트레스에서 오는 바람직한 것이 아닐까 하고 생각해 보게 된다.

독일의 유명한 과학 저널리스트인 우르스 빌만은 최근 국내에서 발간된 『스트레스는 어떻게 삶을 이롭게 하는가(Stress)』라는 책에서 스트레스는 만병의 근원이라는 말을 뒤집고, 스트레스는 삶의 활력임을 강조한다.

그는 다양한 분야의 학자들과 인터뷰를 하고, 동물들에 대한 각종 생체실험 등을 한 결과들을 그 증거로서 제시하기도 한다. 그는 이 책에서 우리는 스트레스와 친해질 필요가 있다고 역설하고 있다. 그의 이러한 주장은 여러 학자들의 연구결과에서 뒷받침되기도 하는 것이어서 믿음이 가기도 하지만, 스트레스가 건강에 해롭다는 기존의 평설을 유쾌하게 뒤집었다는 데에서 관심을 끌기도 한다.

요즈음은 과학 분야이건, 일상생활 얘기이건 기존의 이론이나 사고를 정면으로 뒤집는(살짝 바꾸는 것이 아닌 180도 정반대로 완전히 뒤엎는) 일들이 자주 있기 때문에 이런 일들은 매우 흥미로운 것이 사실이다. 그것도 다양하고 오랜 실험의 결과를 통하여, 어떤 과학적인 근거를 통하여 제시되는 것이어서 더욱 믿음이 간다. 콜레스테롤도 좋은 것이 있고 나쁜 것이 있는 것처럼 스트레스도 좋은 것이 있고 나쁜 것이 있는 것은 아닐 것이다. 오히려 스트레스는 우리 건강을 해치는 면이 많을 것이다.

다만 이 스트레스라는 것이 매번 똑같은 일로 지치고 늘어진 나를 자극하면서 미래에 대한 어떠한 동기를 부여하고, 느슨해진 마음상태에 다시금 삶의 치열함을 심어줄 수 있는 계기를 만들어 준다면 내 생활에서 하나의 활력소가 되지 않을까. 누구든 어느 정도의 긴장감은 일상생활에 필요할 것이기 때문에 스트레스가 전혀 없이 사는 것보다 정도껏 스트레스를 받으며 사는 것이 바람직하다는 의견도 어느 정도는 타당하다. 아무튼 우리는 살면서 자극이 필요하다. 때로는 찌릿찌릿하고 아픈 자극이 있어야 하는 것이다.

스탠퍼드대학교의 캘리 맥고니걸 박사는 자신이 쓴 『스트레스의 힘(The Upside of Stress)』에서 스트레스가 해롭다고 믿지 않는 사람들이 스트레스를 거의 받지 않는다고 응답한 사람들보다 사망 위험률이 낮아져 있다는 실험결과를 발표했다.

스트레스가 몸에 해롭지 않다는 믿음의 결과가 그렇게 된 것이라는 뜻이다. 모든 것은 정신적인 믿음의 결과이지, 실제적으로는 그렇지 않다는 얘기이기도 하다. 그의 주장대로 어차피 겪게 되는 스트레스라면 우리 모두에게 독이 아니라 약이 되기를 바란다. 그렇다고 스트레스 많은 삶이 의미 있는 삶이 되지는 않겠지만, 어차피 스트레스와 함께 사는 삶, 그것들을 친구삼아 같이 잘 지내갔으면 좋겠다는 생각을 해보게 된다.

흡연이 스트레스 해소에 도움이 되는 사람은 건강이 허락된다면 담배를 열심히 피워대도 주변에서 뭐라고 이러쿵저러쿵 할 수는 없지 않겠는가.

애벌레의 화려한 변신

눈부시고 아름다운 날개를 가진 나비가 되기 위하여 거쳐야 하는 4단계 변태과정이 얼마나 많은 리스크를 가지고 진행되는가. 한 마리 나비가 탄생하기 위해서 겪어야 하는 나비의 이러한 변태과정은 그야말로 위험과 눈물과 고통과 고독의 연속인 것이다. 그리고 그런 과정에서의 모습은 결코 아름답지도 곱지도 못하다.

우리 인간이 겪어가는 삶의 과정도 그러하다. 대체적으로 삶의 걸음걸음이 즐겁지만은 않다. 인생을 돌아보면, 즐거운 일보다는 힘들고 어려웠던 일들이 더 생각난다. 산다는 것이 결국 죽음을 향하여 걸어가는 모습이라서 그런가. 좋은 기억보다는 나쁜 기억을 찾아내려고 애쓰는 것이 인간의 뇌라서 그런가. 아무튼 나는 성장해간다. 그러다 어느 순간부터 늙어간다. 그리고는 다시 아이가 되어서 침을 흘리고, 음식물을 흘리고, 말을 더듬고, 기어가듯 걸어가다가 다시 네발로 기어가기도 하는 것이다. 치매가 걸리지 않더라도 말이다.

〈사랑과 영혼〉이라는 영화를 보면, 영화 초반에 주인공 남자가 일찌감치 죽고, 그 몸에서 빠져나온 영혼이 살아있는 여자 친구를 돌보면서 여러 가지 이야기를 만들어나간다. 영혼이 죽은 몸에서 빠져나와서 자기의 죽은 몸을 바라보고 있는 영화의 한 장면처럼 나도 유체이탈을 하여 허공에서 나를 한번 내려다보고 싶다. 내가 생각하고 행동하는 것을 주시해보고 싶다. 저 사람이 도대체 무얼 하고 있는지, 제대로 잘하고 있는 건지, 그렇지 못한 건지, 객관적으로 보고 싶다.

그 나이에, 그 처한 상황에, 올바르게 판단하고 생각하고 행동하고 있는지, 감정에 치우쳐 일을 그르치고 있지는 않은지, 나무만 보고 숲을 보지 못하고 있는 건 아닌지, 그 반대는 아닌지.

성인이 되면 대부분 자아실현을 위하여 산다고 한다. 그렇게들 얘기한다. 그중에는 자아실현이라는 미명 아래, 자기 생각과 고집을 부리며 살아가려고 애쓰는 사람들도 많을 것이다. 아무튼 자아실현은 우리 삶에서 자기를 만들어가는 중요한 과정인 것만은 확실하다. 먹고 마시고 즐기는 것 외에 생존의 의미 찾기에 고심하고, 삶의 이유와 가치를 추구하는 것이 인간이기 때문이다. 우리는 그러한 일에 더 많은 시간과 노력과 정성을 쏟아야 한다.

괴테는 『빌헬름 마이스터의 수업시대』에서 빌헬름이 자기 자신을 알아가면서 자아실현을 해나가는 과정을 그려나갔다. 여러 사람들과의 만남과 사건들을 통하여 빌헬름의 자아가 형성이 되고, 한 시민으로서 성장해가는 모습을 보여주고 있다. 빌헬름 마이스터가 밟았던 인생항로가 바로 우리들이 가야하고 또 지금 가고 있는 항로이며, 그 모습 그대로인 것이다. 후속편 『빌헬름 마이스터의 방랑시대』는 더욱 다양해지고 복잡해진 사회 속에서 보다 성숙한 모습으로 자아실현을 해나가려면 더욱더 구체적이고 전문적인 직업을 가져야 가능하다고 얘기한다.

　그것은 방황을 통하여 찾기도 하지만, 빌헬름이 어떤 직업을 선택했다고 해서 그의 방랑이 끝나는 것은 아닐 것이다. 자아실현이라는 것은 변하는 사회의 정도에 따라, 그 사회적 요구와 필요성에 따라 개인의 욕구를 끊임없이 부추기고 있기 때문이다. 급변하는 사회일수록 개인들의 자아실현 욕구는 버라이어티해질 것임은 틀림없는 사실이다. 그리고 이성이 있는 인간에게 그것은 끝이 없다.

　우리는 나이가 들어갈수록 사회에 대한 나의 기능과 역할에 대하여 더 많은 고민을 해야 한다. 교양과 도덕은 미래의 어느 시대를 통틀어 가장 중요한 덕목 중 가장 최고의 위치에 자리할 것이므로, "사람은 나이를 먹으면 젊었을 때보다 더 많은 일을 하지 않으면 안 된다"고 한 괴테의 말을 잊지 말아야 하기 때문이다. 그와 동시에, "나이를 먹음에 따라 시련 또한 증가한다"는 그의 말, 역시 가슴에 새겨두어야 할 것이다.

할아버지, 할머니의 소원

내 자식들이 이 세상을 잘 살아갔으면 좋겠다. 잘 입고, 잘 먹고, 아프지 않고 살아갔으면 좋겠다. 이것은 어른이라면 누구나 다 가지고 있는 마음이다. 경제적으로 어렵지 않도록 재산도 만들어 물려주고 싶고, 빛나는 명예도 만들어 주고 싶다. 질병에 걸리지 않고, 건강한 몸으로 살아갈 수 있다면 더없이 좋겠다. 대대손손이라면 더욱 좋겠지만, 그건 오직 끝없고 간절한 바람일 것이다.

요즈음은 3대를 넘어 4대까지도 같이 한 시대를 살아간다. 그만큼 의학의 발전과 더불어 장수의 시대가 열렸다. 오래 사는 것만큼 즐거운 일은 없겠지만, 괴로운 일을 보는 시간도 그만큼 길어졌다. 그래서 사람들은 누구나 다 큰 걱정 없이, 불행한 일 없이 살다가 가고 싶어 한다. 나뿐만이 아니라, 우리 가족 모두에게 그런 일은 제발 없었으면 하고 빌고, 또 빌 뿐이다. 바로 우리 할아버지, 할머니들의 마음이다.

특히, 손주에게는 한없이 너그럽고 다정다감한 것이 할아버지요, 할머니이다. 바로 아래 자식은 지질히도 속을 썩이고 원수 같아도 손주들은 마냥 귀엽고 예쁘다. 그래서 그 손주들이 어려서는 안 다치고 병에 안 걸리고, 커서는 고생 안 하고 잘 살아가기를 이 세상의 할아버지, 할머니들은 밤낮으로 기도하고 있다. 내 배가 곯아도 손주 배가 고프면 결코 안 되는 것이다.

그런 어른의 바람 속에는 노상 이런저런 걱정들이 널려 있다. 여기서 일일이 말을 안 해도 누구나 다 아는 것들이다. 물론, 아범과 어멈이 어련히 알아서 잘 챙기고 보살펴 나갈 것이지만, 걱정은 항상 할아버지, 할머니 마음속을 서성거리고 있다. 그런데 그것 중에는 한평생 살아가면서 부득이하게 만날 수밖에 없는 많은 아픔들이 상당 부분 차지한다. 바로 본인들이 겪었던 것들이기 때문에 더욱 그렇다.

이 험한 세상으로 나아가면서 닥치게 되는 많은 위험들, 혹시 사기를 당하지는 않을까, 누구로부터 고통을 받지는 않을까, 하는 그들의 걱정은 아무것도 모르는 천진난만한 아이를 차들이 횡횡 지나다니는 큰 도로 한복판에 내놓은 것과도 마찬가지일 것이다. 빨간불에 길을 건너면 안 된다는 것에서부터, 낯선 사람이 오라고 하면 절대 따라가지 말라는 말과 어른이 되어서 보증은 누구든 절대로 서면 안 된다는 말까지 할아버지, 할머니는 손주들에게 일러두고 싶은 것들이 너무나 많다. 그것뿐이겠는가. 그들이 몸소 겪으며 살아간 아픔의 현장 속으로 아이들을 결코 들여보내고 싶지 않은 것이 그들의 마음이어서 아이들이 궁금해 하기 전에, 모든 것을 미리미리 다 가르쳐주고 싶다. 하나하나 다 알려주고 싶은 것이 그들의 마음이다.

케임브리지대학의 교수인 앨런 맥팔레인이 손녀딸을 위하여 쓴 『릴리에게, 할아버지가(Letters to Lily)』는 동서고금을 통틀어 우리 모든 할아버지의 마음을 그대로 옮겨놓은 책이다. 할아버지 맥팔레인이 손녀딸 릴리에게 보낸 편지 속에는 그러한 할아버지의 걱정과 우려와 사랑의 마음이 절절히 녹아있다. 그 누구보다도 손녀를 아끼고 사랑하는 마음에서 그는 자기가 알고 있는 이 사회의 모든 것들을 미리미리 알려주고 싶어 한다.

세상을 모르는 우리 손녀딸이 이 세상을 만나게 되면서부터 궁금해지는 것이 얼마나 많을까. 모든 것들이 낯설고 의아할 텐데, 이건 왜 이런 건지, 저건 왜 저런 건지, 학교는 왜 가야 하고, 친구는 왜 필요한지, 사람은 왜 일을 해야 하고, 전쟁은 왜 일어나는지, 법이란 것이 왜 필요하며, 왜 아프리카에서는 4초에 한 명씩 굶어죽는 걸까 등 모든 것들이 어린 손녀딸 릴리에게는 의문점이 아닐 수가 없을 것이다.

나는 누구일까부터 시작하여 인간은 모순덩어리이며, 역설적인 존재라고 알려주는 것까지, 손녀딸이 이 혼란스러운 세상의 모든 현상들을 받아들이고 스스로 잘 헤쳐 나갈 수 있도록 해주고 싶은 할아버지의 마음이 여러 가지 사례를 통하여 아주 자세하게 표현되어 있다.

맥팔레인은 자기가 손녀 곁을 영원히 떠난 후에도, 손녀가 이 책을 읽으며 이제는 자기 곁에 없는 할아버지가 여전히 자기 곁에서 궁금해 하는 것들 하나하나를 얘기해주는 모습을 상상하며 이 편지들을 썼을 것이다. 손녀에 대한 걱정과 사랑이 이 노교수에게 떨리는 손에 펜을 쥐게 한 것이다.

"사람들은 특정한 놀이공간에서 제한된 시간동안 비정상적이고 때로는 무책임한 행동을 한다. 아주 큰 모자나 하얀 바지 같은 이상한 옷을 입고, 서로 때리고(권투), 밀치고(럭비), 물건을 던진다(크리켓), 국회에서 서로에게 고함을 지르고, 법원에서 상대를 무례하게 대하고, 증권거래소에서 미친 듯이 손을 흔들며 돌아다니는 모습은 놀이와 비슷하다 (중략) 그러나 우리는 특정한 공간에서만 이상하고 비합리적인 행동을 한다. 놀이가 끝나면 사람들은 서로 악수를 하고 다시 친구가 된다. 왜냐하면 모두 놀이에 불과했기 때문이지."

이와 같은 글속에는 왜 인간을 호모 루덴스라고 하는지, 그 인간의 놀이라는 것이 무엇인지, 학교공부도, 과학이라는 것도 모두 놀이를 좋아하는 인간의 본성을 통하여 개발이 되고 발전이 된다는 맥팔레인의 생각이 손녀딸의 눈높이에 맞춰 재미있게 설명되어 있다. 우리는 나 자신을 알기 위하여 호모 루덴스로서의 인간을 잘 알아야 할 필요가 있다.

그의 편지 곳곳에는 그의 인생관과 철학관이 숨어있다. 특히, 책 말미 부분에는 역사학자이며, 인류학자로서의 그의 시각이 엿보인다. 그가 우리가 사는 세상에 대해서 한 얘기 중에, 복잡한 문제를 풀 때는 가능하면 문제를 쪼개어 조금씩 풀어가는 것이 도움이 될 것이며, 학문의 구분도 다 그런 이유이고, 그것들을 배운 다음에는 다시 그 조각들을 묶어서 함께 생각해 볼 필요가 있다고 한 그의 생각에는 어려운 삶의 현실적 문제에 맞닥뜨렸을 때마다 우리가 어떻게 대응하여야 하는지에 대한 방법이 나타나 있다.

문명에 대한 지역적인 배타성, 상이성의 이면에 상존해 있는 도덕적인 위험성과 그에 따른 불균형의 문제, 그리고 인간이 본연적으로 가지고 있는 경쟁성, 착취성, 잔인성 등에 따른 인류의 문제가 계속 우리들을 고민하게 할 것이라는 그의 지적은 앞으로도 큰 숙제로 우리들에게 다가올 것으로 보인다.

우리 자신들은 모순적인 속성을 가지고 살아가기 때문에 이런 문제점들이 계속 야기될 수 있다는 것, 그렇지만 우리 모두는 덜 잔인하고 덜 혼란스럽고 덜 불공정한 사회를 위하여 노력해야 한다는 그의 지적은 어떻게 살아가야 할 것인가에 대한 사고와 행동의 답이다. 손녀딸에게 뿐만이 아니라, 모든 사람들에게 꼭 알려주고 싶은 학자로서의 우리 인간사회에 대한 안타까운 마음이기도 한 것이다.

그리고, 맥팔레인은 손녀딸 릴리에게 꼭 읽어보기를 권하는 책들을 일일이 열거하였다. 여기에는 『반지의 제왕』도 있고, 『해리포터』 시리즈도 있다. 『어린 왕자』도 있으며, 『셜록 홈즈』 시리즈도 있고, 『화성에서 온 남자, 금성에서 온 여자』도 있으며, 데카르트의 『방법서설』도 있다. 또한 『희랍인 조르바』도 있으며, 칼 마르크스의 『공산당 선언』도 있다. 이 책들에 대한 추천이유를 간단히, 그러나 일일이 적어놓은 것에 우리는 그의 손녀딸에 대한 따뜻한 배려와 사랑의 마음을 읽을 수 있다.

우리들의 할아버지, 할머니들은 대부분 그렇게 표현을 못하고 세상을 떠나셨지만, 마음은 그와 같거나 그 이상이었을 것이다. 우리도 분명 그러한 사랑을 받고 살아왔으며, 또 그런 걱정과 사랑의 마음을 우리 손자, 손녀들에게 아낌없이 줄 준비가 되어 있다. 그래서 이 사회는 누군가가 누구를 열심히 응원해주는 마음으로 더욱 살맛나는 세상이 될 것이다.

우리 모두, 스텝 바이 스텝으로

앞에서 말했지만, 나비는 참으로 복잡한 진화과정을 거쳐 성충이 된다. 아름다운 날개를 가진 성충 나비가 되기 위해서는 알→애벌레→번데기→나비라는 이 4개의 과정을 반드시 거쳐야만 한다. 어느 하나라도 건너뛰거나 지나칠 수 없는 것이 그들의 삶의 과정이다.

그런데, 마지막 단계를 뺀 세 개의 단계는 고운 자태가 아니다. 애벌레와 번데기는 징그러운 형태로 거쳐 가야 하는 것이다. 그렇다고 다 나비가 되는 것도 아니다. 알에서부터 시작해서 성충인 나비가 되는 확률이 1%라고 하던가. 보통 호랑나비 한 마리가 200개의 알을 낳는데, 그 중 두 마리 정도가 나비가 된다고 하니, 대부분 중간 어느 과정에서든 포식자에게 잡아먹히거나 스스로 죽거나 하는 모양이다.

새들처럼 어미가 품어주지도 않고, 곁에서 아무도 돌봐주지도 않는 나비의 이러한 성장과정은 고난과 위험의 연속일 수밖에 없다. 주변에는 온통 무서운 포식자들과 열악한 날씨뿐이다. 그런 위험하고 거친 환경 속에서 모든 과정을 혼자의 힘으로 겪어내야 하는 것이 나비가 되는 험난한 길이다.

특히, 나비는 번데기 과정이 가장 힘들다고 한다. 자생력으로 딱딱한 껍질을 뚫고, 그 좁은 구멍으로 나온다는 것은 단단한 바위를 뚫어야 하는 것과 같은 고통일 것이다. 그 고통 후에, 드디어 아름다운 나비가 탄생하게 된다. 징그러운 애벌레에서, 그리고 고독과 침묵의 번데기에서 한 마리 눈부시고 아름다운 나비가 나오게 되는 것이다.

4개의 각기 다른 과정을 통하여 완전히 변태해야만 되는 것, 그것이 나비가 겪어야만 하는 삶의 여로이다. 인간의 삶이란 이것보다는 좀 나은 것인가, 더 힘든 것인가. 유년, 청년, 중장년 그리고 노년의 과정을 겪어가는 것을 보면, 그 기간이 짧고 긴것이 다를 뿐이지 거쳐 가야 하는 과정은 그와 비슷하다고 할수 있겠다.

어떻든 우리도 그런 각 과정들을 건너뛰거나 생략할 수는 없다. 나비가 각 변태의 과정에서 머물러야 할 시간을 머무르며 숙성되듯이, 우리 인간도 시간의 흐름에 따라서 하나하나의 단계를 거쳐 가면서 몸과 마음이 성장해간다. 누구나 밟아가야 하는 인생의 과정인 것이다.

그냥 두어도 유년에서 시작한 삶은 별 문제없이 노년에 이르게 된다. 그러나 우리의 삶을 무심한 기차가 지나가듯 그렇게 내버려 둘 수는 없지 않겠는가. 질 좋은 삶을 살고 싶다면 인생의 각 과정에서 나를 돌아보며, 그 과정에 맞는 적절한 삶을 살고 있는지, 지금 너무 애같이 살고 있지는 않은지, 너무 늙은이같이 살고 있지는 않은지 잘 생각해 보아야 할 것이다.

그때그때의 나를 천천히 돌아보면서, 그 시기에 할 일을 놓치지 말고, 또 너무 앞서거나 뒤처지지 말고, 그 단계에서 최선을 다해야 할 것임은 너무 자명한 일이다. 우리 역시 나비처럼 각 과정에서의 알맞은 숙성으로 잘 익어가야 한다. 인생을 살면서 내가 남을 추월할 수는 있어도, 이러한 개인적 변화과정에서 내가 나를 추월할 수는 없다. 이러한 사실은 대통령도, 판검사도, 주부도, 아침 일찍 새벽길을 청소하는 사람도 다 마찬가지이다. 그 누구라도 건너뛸 수는 없는 것이며, 각 과정을 잘 겪으며 숙성된 사람은 성공적으로 자기의 삶을 살면서 행복을 느끼는 사람임에 틀림이 없다.

나비, 그러면 생각나는 것들이 많다. 오페라 〈나비부인〉, 영화 〈빠삐용〉, 함평 나비대축제, 나비넥타이, 어느 기업체의 엠블럼, 버터플라이 수영의 힘찬 팔짓, 김흥국의 〈호랑나비〉, 그리고 나비처럼 날아서 벌처럼 쏘겠다고 한 무하마드 알리도 떠오르고, 우리나라의 나비박사 석주명 선생도 생각난다. 대체적으로 나비는 꿈과 자유, 용기와 희망, 그리고 기쁨과 미래의 상징물이었다.

우리는 나비를 보면서 우리 삶의 과정들을 다시 한 번 살펴보아야 하지 않을까. 나비가 상징하는 그러한 꿈과 자유를 생각하고, 미래의 희망을 갖기 위해서 우리는 지금의 내 삶이 어디쯤에 와 있는지, 내가 어느 과정에 있는지 잘 확인하고, 거기에 맞는 생각과 행동으로 이 시간을 살아야 한다.

그리고 모든 과정을 인내심 있게 받아들이고, 그것에 충실하여야 한다. 아무리 바쁘고 혼이 빠질 만큼 정신이 없어도 그것만큼은 잘 해내야 한다. 나방은 불빛을 보고 모여들지만, 나비는 햇빛 속에서 난다고 한다. 햇빛을 받으며 하늘로 솟는 나비의 날갯짓은 분명 눈부실 것이다.

시계 유감

    시계라는 것이 사치품을 넘어 생활필수품이 된지가 꽤 오래 되었는데, 그것도 이제는 옛일이 된 것 같다. 누구나 손쉽게 시계를 가질 수 있게도 되었지만, 이제는 시계의 무용론까지 얘기할 정도로 요즈음 시계라는 것은 스마트 폰의 출현에 밀려서 시계 본연의 기능을 빼앗긴지가 벌써 오래되었기 때문이다.

    현대를 살아가는 사람들에게 시간만큼 중요한 것은 없다. 그러나 이 중요한 것을 확인하는 방법이 시계 말고도 스마트 폰, 버스 안, 또는 길거리 어느 건물의 광고전광판에서 가능해지고, 그만큼 시계의 가치도 예전 같지 않게 되었으니, 시간의 개념도 예전과는 다르게 많이 무뎌진 것 같다는 느낌이 든다.

    그러다보니 요즈음 시계는 생활필수품에서 다시 사치품으로 회귀해버렸다. 시계제조회사들의 마케팅전략도 그런 방향으로 바뀐 것이다. 시계를 아예 아주 고급스럽고 비싸게 만들거나 시간을 알려주는 것을 목적으로 하는 시계 본연의 기능 외에, 다양한 기능들을 추가하여 기호성 액세서리로 만들기도 하는 것이다.

"저… 지금 몇 시예요?" 나는 중학교 시절, 아니 고등학교 시절까지 길거리에서 이렇게 길 가는 어른들에게 시간을 물어본 적이 꽤 많았다. 당시 내 또래의 아이들이 거의 그랬을 것이다. 우물쭈물하며 쑥스러운 표정으로 어른 눈치를 살피면서 이렇게 물어보곤 했다. 물론, 나에게는 시계가 없었기 때문이었다. 그러면, 대부분 어른들은 우리 얼굴을 한번 흘낏 쳐다보고는, 자기 손목시계를 들여다보면서, "세시다" 하며, 별로 친절하지도 않고, 그렇다고 불친절하지도 않게 현재의 시간을 말해주곤 했다.

손목시계 하나도 귀중했던 시절, 학교친구들 중에 손목시계를 차고 있는 아이들도 드물었지만, 그런 아이들을 보면 무척이나 부러웠던 것 역시 사실이었다. 대부분 시간만 나오는 까만 가죽 줄로 된 얇은 시계였지만.

초등학교 때에는 반에서 시계를 찬 아이를 볼 수가 없었다. 학교 전체에서도 그랬다. 시계를 찬 아이가 하나 둘 생겨나기 시작한 것은 중학교에 진학하면서였으니까, 시계는 어엿한 중학생이 되어야 아버지가 한참을 벼르다가 모처럼 하나 사주었고, 그것도 좀 넉넉한 집안의 아이들에게나 해당되는 얘기였다. 시계는 금 은 보석과 같이, 제1, 2호를 다투는 집안의 귀중품이었던 것이다.

당시 〈오리엔트〉와 〈시티즌〉이 꽤 유명한 브랜드였고, 경제적으로 여유가 있던 아이들은 〈세이코〉라는 일제시계도 차고 다녔다. 그때에는 이렇게 시계가 귀중품이었기 때문에 하굣길에 골목길에서 불량배에게 시계를 빼앗기는 일이 종종 있었다. 나도 백주 대낮에 시계를 빼앗긴 적이 있었으니까.

먹고살기가 빡빡했던 우리 집의 경우, 나는 재수 끝에 드디어 부모가 원하던 중학교에 합격하였는데, 아버지가 그 기념으로 까만 가죽 줄의 얇은 시계 하나를 사주었고(오로지 시간만 나오는 동그랗고 납작한 시계였다), 며칠 뒤 어느 날, 나는 친구들과 함께 집으로 오던 중에 불량배들을 만나 그 시계를 빼앗기고 말았던 것이다.

지금 생각해도 참 속이 상하는 일이었으니, 그 당시 아팠던 나의 마음을 어찌 다 말로 표현할 수가 있으랴. 나는 시계를 빼앗겼다는 사실보다도 아버지한테 야단을 맞을 생각으로 정신이 없었다. 가정형편상 분명히 어렵게 사준 시계일 텐데, 찬지 얼마도 되지 않아 그렇게 되었으니 아버지한테 엄청난 야단을 맞을 수밖에 없는 것은 너무나 뻔한 일이었기 때문이었다.

그날 밤 자초지종을 얘기했을 때, 의외로 아버지는 야단을 치지 않았다. 아버지 눈치를 살피며, 기어들어 가듯 떨리는 목소리로 얘기하는 나를 아버지는 묵묵히 보고 있다가, 그만 네 방으로 건너가라고 해서 얼른 건너왔던 기억이 지금도 난다. 그 뒤로 나는 한동안 시계를 차지 못했다. 시간이 궁금하면 길거리에서 어른들에게, "저… 지금 몇 시예요?" 하고 물으면서 다니면 되었으니까.

지금도 나는 세 개 정도 시계를 가지고 있으나, 평상시 잘 차지 않는다. 서랍을 열 때마다 금속 줄의 반짝반짝 빛나는 시계와 까만 가죽 줄의 동그란 시계가 눈에 들어온다. 그렇게 비싸지는 않지만, 좋은 시계들이다. 나는 그것들을 무심하게 한번 내려다보고는 서랍을 닫아버린다. 한동안 차다보면 차는 것도 불편해지고, 또 한동안 안 차다보면 다시 차는 것도 불편해진다. 내 시계들은 또 장시간 서랍 속에서 쉬고 있을 것이다. 시간이 궁금하면 스마트 폰 한번 터치하면 되니까.

아주 어렸을 적 이야기이다. 집에서 제법 멀리 떨어진 아버지 사무실에 우산 심부름을 갈 때마다 나는 길거리 어느 시계포 유리진열장 앞에 한동안 서서 이런저런 모양의 시계들을 구경하곤 했다. 저건 좀 비쌀 것 같애. 그러니 저거는 나한테는 과할 것이고, 저기 얇은 저 시계가 나한테는 맞을 거야, 하면서 혼자만의 즐거운 상상 속에 시간 가는 줄 모르고, 그 시계포 앞에 서 있곤 했다.

뾰족하고 까만 바늘 두 개와 실처럼 가느다란 초침이 열심히 움직이고 있는 작고 납작한 시계, 진열된 시계 중에서 가장 저렴한 것으로 보여 나에게 적당할 것이라고 판단되는 그 시계…… 아버지가 사준다면 아마도 저 정도가 될 것 같다는 생각으로, 나는 그 시계포 앞을 지나다닐 때마다 항상 그 시계만을 유심히 관찰하곤 했다.

아버지 우산 심부름을 갈 때마다 내가 점찍어 둔 그 시계가 팔렸나, 안 팔렸나를 항상 확인하면서 그 시계가 그 자리에 그대로 있을 때에는 안도의 숨을 내쉬었던 기억이 지금도 난다. 그 시계포도, 물론 그 시계도, 이미 오래 전에 모두 없어졌을 것이다. 그리고 그 진열장 앞에 서서 시간 가는 줄 모르고 이런저런 시계들을 구경하던 소년은 다 성장하여 이제 시계가 있어도 차지 않는 그런 시대에 살고 있다.

대중가요 단상

1977년에 개봉된 〈겨울여자〉는 젊은이들의 심금을 꽤나 울렸던 영화였다. 그 몇 해 전에 개봉된 〈별들의 고향〉과 마찬가지로 당시의 젊은이들은 이 영화 속의 주인공들이었던 이화와 경아 같은 이성을 꼭 한번은 만나보고 싶었을 것이다. 당시의 젊은이들의 사회적 가치관과 지향하고 싶었던 삶의 모습들을 보여주었던 이 영화들은 물론 베스트셀러 소설을 필름화한 것이었지만, 세간에서는 꽤나 화젯거리가 되었던 영화들이었다.

이 〈겨울여자〉를 통하여 마음의 순결이 중요하냐, 육체의 순결이 중요하냐 뭐 그런 식상한 이야기를 꺼내려는 것은 아니다. 이 영화에 삽입되었다고 알려진 〈눈물로 쓴 편지〉라는 노래 한 곡을 최근 우연한 기회에 텔레비전에서 듣게 되었는데, 이 노래가 나를 저 희미한 청년의 기억 속으로 떠밀고 갔고, 대중가요가 주는 사회적 파워라는 것에 대하여 다시 한 번 생각해 볼 기회를 만들어 주었던 것이다.

정작 이 노래는 실제 영화 속에서는 나오지 않았다고 하는데, 어떻든 대중가요의 사회적 파급효과와 그 영향력은 날이 갈수록 지대해지고 있다고 아니할 수 없다. 눈부신 섬광 하나가 번쩍 하다가 이내 사라지듯 대중가요라는 것은 클래식 음악과는 달리 일정한 시간이 지나면 또 대중들로부터 쉬이 잊히는 것인데, 그 시간까지의 영향력이란 실로 폭탄과도 같다고 할 수 있다.

대중가요들 속에는 좋은 노래들이 많이 있다. 대중적인 인기와 상업성에 치중하다보니, 아무래도 남녀 간의 사랑에 관한 노래가 많고, 노랫말 역시 직설적이고 상투적이긴 하지만, 대부분 그 시대상이나 세태를 나타내는 것이 많아서 나름대로 대중문화로서 자기의 한 역할을 해내는 것이다. 그래서 유행가라고 하는 것인가. 들불처럼 번지다가 쉬이 꺼져버리는.

1963년에 Village Stompers가 발표한 〈워싱턴 광장〉이라는 곡이 있다. 발표된 지가 이미 50년이 넘어가고 있는 연주곡인데, 이 곡 역시 최근에 어느 텔레비전 광고에서 잠깐 들어본 적이 있다. 일부분이었지만, 〈눈물로 쓴 편지〉 이상으로 내 마음 깊이 와 닿았다.

특히, 이 〈워싱턴 광장〉 앞부분의 기타소리가 참 좋다. 그 기타소리는 우리로 하여금 과거를 휘돌아서 거꾸로 가는 여행을 떠나게 만든다. 저 아스라한 유년의 시절까지 가게 하는 것이다. 아슴아슴하여 잘 보이지도 않는 골목길, 무섭게 키가 큰 시커먼 전봇대, 거기 중간쯤에 매달린 어두침침한 백열등, 대문이 나무로 된 낡고 작은 집들……

나는 오래전에 미국 맨해튼 남쪽 그리니치빌리지에 있는 워싱턴광장을 가본 일이 있다. 아치형 돌문이 있는 작은 공원이었는데, 처음에 그곳에 갔을 때에는 그곳이 〈워싱턴 광장〉곡의 배경이 되었던 곳인 줄 전혀 몰랐다. 나중에 그것을 알고, 다시 한 번 갔을 때에 나는 미묘한 흥분을 느끼지 않을 수 없었다. 그곳이 광장이 되기 전에는 공동묘지였고, 공개된 교수형장이었다니.

여기저기 흩어져 있는 벤치, 그 벤치에 앉거나 서 있는 사람들, 흑인들, 백인들, 그리고 동양인들, 대부분 초라한 모습의 사람들, 사람들 앞의 비둘기들, 어디선가 들리는 바이올린 소리…… 아무 벤치에 걸터앉는다. 공원 문이 없는 것처럼 내 마음의 문도 다 떼어버린다. 몇몇 사람들이 무어라 얘기를 주고받으며 내 앞을 지나간다. 허름한 복장, 검고 주름진 얼굴이지만 잔잔한 미소가 그 주름을 타고 흘러내린다 ……

대중가요는 이런 분위기 속에서 사람을 들뜨게도 만들고, 차분하게도 만든다. 가벼울 때에는 빈 깡통보다 가볍게, 또 무거울 때에는 쇠뭉치보다 무겁게. 그렇지만 그것이 그렇게 오래 가지 않는 것이 또한 대중가요의 특색일 것이다. 대중가요는 그 어느 매체보다도 보통사람들 삶의 모습을 그대로 잘 보여주는 것 같다. 자꾸 들으면 좀 유치하기도 하고, 식상하기도 하지만 그런 대로의 맛이 있다.

아무튼 다 사람들 사는 모습이니, 있는 그대로 받아들이는 것이 좋지 않겠는가. 또한 그런 모습 속에는 우리들의 꿈과 희망과 사랑이 포장되지 않은 채로 드러나 있기도 하기 때문에 그것이 더욱 진실한 것일 수도 있다.

아내를 디스하다

아내 얘기를 해보려니까, 나 스스로 칠푼이 같다는 생각이 든다. 아내 자랑을 하려는 것이 아닌 데에도, 왜 그런 생각이 드는 것일까. 남녀의 구분은 명확해야 한다고 강조하던 시절, 남자가 자기 안사람에 대하여 이러쿵저러쿵 얘기한다는 것이 남자 체면에 구김이 가는 것이라는 고리타분한 유교적 사고방식 한 줄이 아직도 질기게 내 머릿속 한 구석에 자리 잡고 있어서 그런 것 같기도 하다.

남자들의 희망이 셰프이고, 아내보다 일찍 퇴근한 남편이 앞치마를 두르고 주방에 서서 아내를 위한 저녁을 준비하는 모습이 너무나 자연스러운 요즈음 세대들은 전혀 그렇지 않다고 한다. 특히, 요즈음 같이 아내도 직업전선에서 뛰어야 하는 시대에서는 누가 밥을 해야 하고 아니고가 없이 일찍 귀가한 사람이 앞치마를 두르는 것은 당연한 일일 것이다. 아무튼 내 아내 얘기를 한번 하기로 마음먹었으니, 쑥스러움을 떨치고 해볼까 한다. 그렇다고 뭐 대단한 것도 아니다.

내 아내가 태양이면 나는 달이고, 아내가 여름이면 나는 겨울이다. 양지가 아내라면 나는 음지이고, 아내가 구두이면 나는 운동화다. 아내가 양식이면 나는 한식이고, 아내가 빵이면 나는 떡이 될 것이다. 또 지나간 어느 유행가와는 반대로 아내가 배이고, 나는 항구이다. 미국의 어떤 지역으로 얘기해본다면 아내가 플로리다주이면, 나는 메인주이다. 좀 우스꽝스러운 표현들이지만, 극단적인 예를 들어서 비교를 하자면 그렇다는 것이다.

전체적인 성격으로 보면, 내 아내는 활달하고 외향적인 반면, 나는 조용하고 내성적이다. 아내는 카드를 쓰면 그 영수증을 받아오는 적이 거의 없는데, 나는 매월 카드 명세서와 카드 영수증을 맞추는 일을 한다. 아내가 어떤 일을 벌이면 나는 그것을 뒤처리하기 바쁘고, 아내가 독수리처럼 밖에서 부지런히 활동할 때면 나는 박쥐처럼 방안에 죽치고 앉아 강박증과 다툼을 벌이곤 한다.

돈이 조금 있으면 아내는 우선(대책 없이 무조건은 아니고) 쓰자는 스타일이고, 나는 우선 안 쓰자는 스타일이다. 그렇다고 지금까지 살면서 아내 때문에 경제적으로 어려운 적은 한 번도 없었다. 오히려 아내 때문에 좋은 아파트에서 살고 있다. 사실 아내가 맞는 것도 아니고, 내가 틀린 것도 아니다. 다른 것뿐인데, 우리 생활이 마구 뒤틀린 적은 없었다는 얘기이다.

누가 보면 천생연분이라고 할 것이다. 나 같은 성격을 가진 사람은 아내 같은 성격의 소유자를 찾게 되어 있고, 아내도 마찬가지이고, 그렇게 서로 만났다는 뜻이 되기도 한다. 서로가 가지고 있지 못한 장점에 서로가 깊은 관심과 매력을 느낀다는 뜻도 될 터인데, 그러나 당사자들은 전혀 그렇지 않다. 내가 갖지 못한 장점이 거추장스러운 방해물로 변하기 시작하고, 고집과 아집으로 보이기 시작하면 장점은 곧바로 단점으로 추락하고 마는 것이다.

처음에는 그것들이 좀 흥미롭게 보이고 좋아보이다가 결혼생활에 때가 끼기 시작하고, 서로 간에 감정싸움이 나다 보면 짜증과 다툼은 부단히 생겨나고, 이것이 두 사람을 피곤하게 만들기 시작한다. 부부가 되고나서 살다보면 의견합일이 되어야 하는 경우가 참 많은데, 크고 작은 분쟁들이 먹구름처럼 피어오르는 것이다.

더 긴 세월이 지난 지금은 어떨까. 요즈음 아내는 고구려 장수처럼 되어 있고, 나는 신라 궁녀처럼 되어 있다. 삼십 년 이상을 살고 있는 이 시간에도 딱딱 들어맞는 게 별로 없다. 살기 위해서 기절하거나 죽은 척하다 보니, 들어맞는 것처럼 보일 뿐이다.

그런데 재미있는 것은(사실 재미는 하나도 없고, 그 당시마다 의견충돌로 살얼음 걷듯 하였는데) 서로가 성격의 차이점을 분명히 알고 있음에도, 그것 때문에 다툼과 분쟁이 끊이지 않았음을 서로 너무나 잘 알고 있음에도, 각자 스스로를 고치지 않는다는 것이다. 아니, 고쳤다고는 하나, 서로가 보기에 전혀 고쳐진 것이 없다고 느껴지는 것이 현실이다. 사실 성격을 고치기란 불가능한 것임을 또 우리 부부는 잘 알고 있음에도, 서로에게 무언의 기대를 하며 살아가고 있다.

앞으로 수십 년은 또 그렇게 살아야 할 것이다. 기어이 아내는 고구려 태상왕이 될 것이고, 나는 신라 아낙네가 되고 말 것이지만, 우리는 그런 서로의 모습을 바라보며 미안함과 고마움을 가지게 될 것을 기대한다. 그리고 최종의 그 실체가 무엇이 될 것인지 잘 알 수는 없지만, 어떻든 그 긴 기간, 함께 지내왔다는 데 대한 존경심과 안쓰러움 같은 것을 서로에게 보내게 되지 않겠는가.

며느리 리뷰

아내를 디스하다 보면, 숨겨놓았던 내 문제점부터 부각이 됨을 매번 느끼게 되어 글을 잘 쓰지 못하는 아내에게 항상 미안할 뿐이다. 나는 이렇게 글이랍시고 써대면서 소심한 마음의 복수를 하지만, 아내는 고약한 남편에 대한 복수를 설거지를 하면서 요란한 그릇 부딪는 소리로 하는 것이 고작이다. 지금 이 시간에는 그것도 못하는 아내가 좀 안쓰럽다. 아내는 현재 부재중이다.

유전인자가 다르고, 살아온 환경이 다르고, 해왔던 경험들이 모두 다른 두 사람이 같은 공간 안에서 산다는 것은 정말 어떤 모험심을 갖지 않고서는 쉬운 일이 아니다. 그런 모험심 외에 인내심 또한 매우 필요한 덕성일 터, 이런 것을 잘 알고 결혼한 사람들도 한평생 같이 살아가는 것을 힘들어 하는데, 하물며 나같이, 결혼이란 무엇인가에 대하여 제대로 생각 한번 깊이 안 해보고, 몇 번 사귀다가 눈에 익은 노선버스에 올라타듯 덜

컥 결혼한 사람들은 일평생을 얼마나 삐걱거리며 살아야 하는 걸까.

그런 생각을 하다보면, 아무튼 나의 신중하지 못하고, 준비성 없는 미련한 모습 때문에 자괴감 같은 것이 스멀스멀 올라오면서도, 또 한편으로는 웃음이 빙긋이 나오는 것을 보니, 그렇게 잘못 살아온 것은 아닌 것 같다. 내 아내 또한 그럴 것이라고 스스로 위안을 해보기도 한다. 동서고금을 통틀어 사람 산다는 것은 참 어려운 일인데, 혼자서 사는 것보다는 둘이서 사는 것이 더 어려운 일임에는 틀림이 없을 것이고, 다시 인위적으로 새로운 가족이 추가가 되어 더불어 살아가야 할 경우에는 그 어려움은 더 깊어질 것으로 보인다.

자식이라곤 외아들 하나만을 둔 우리가 노심초사하면서 할 줄 모르는 기도도 해가며, 아이의 성장에 따라 갖가지 희로애락을 겪으며 살아오고 있는데, 여러 명의 자식을 둔 부모의 마음은 어떠할까. 안 봐도 뻔하다. 버리겠다고 밀어둔 자식이 아닌 이상, 그 자식 때문에 부모는 항상 마음을 졸이며 살게 되어 있다. 생명이 있는 모든 것들은 다 마찬가지이다.

장 자크 루소가 자기가 낳은 자식을 고아원으로 보내고 만 것은 험한 환경에 있는 자신이 키우는 것보다 차라리 고아원으로 보내는 것이 아이들을 위하여 더 낫겠다고 판단하여 그랬다는 것처럼(물론, 루소는 이것을 나중에 후회는 했지만) 부모는 자식이 잘되기를 항상 염원하며 산다.

자식이 잘 커서 자립할 만한 상황이 되면, 부모들은 결혼을 생각하면서 슬슬 부모식의 행동을 하게 된다. 이런 행동은 자식 본인의 뜻과는 전혀 무관한 것이 대부분이어서 자식과 의견충돌이 있게 마련이지만, 그래도 너를 위한 것이라고 설득해가며 발품을 파는 것이 부모이다. 특히 엄마는 그렇다. 좋은 며느리를 보기 위하여 여기저기에서 며느릿감을 찾게 되는 것인데, 성공하는 경우도 있지만, 팔할 이상은 실패하고 만다.

우리도 그 팔할 이상에 해당되는 경우였다. 엄마의 실패는 결국 아들의 승리이고, 아무튼 우리는 그 승리를 잘 받아들여야 했는데, 아내는 그것이 잘 안 되는 모양이었다. 며느리 될 그 아이가 부족해서도 아니고, 그렇다고 다른 여자아이가 있는 것도 아니었지만, 그저 엄마 된 마음에 더, 더, 더, 뭐 이런 언리미티드한 희망 때문이 아니었을까. 의사 아들에 의사 며느리면 됐지, 더 이상 뭘 바래? 남들이 욕해, 하고 나는 아내를 타일렀고, 아내도, 그렇지, 그것도 과분하지, 하고 동의하여, 어떻든 시간이 지나면서 드디어 아들의 결혼상대 찾기는 막을 내렸다.

나는 내 며느리가 참 마음에 든다. 물론, 내 아내도 며느리를 매우 마음에 들어 한다. 아내자랑, 자식자랑, 가족자랑 등, 이 모두 팔푼이들이나 하는 짓이라지만, 한번만 더 하자면, 우리

며느리는 착하고, 순하고, 귀엽고, 싹싹하여 나무랄 데가 없다. 전형적인 여자의 모습이어서 내성적이고 조용한 나와는 성격상 너무 비슷하여 쿵짝이 좀 맞는다고 할까, 그러나 고구려 장수인 아내가 보기에는 좀 갑갑할 것이다.

한번은 아내가 며느리 될 그 아이에게 물었다. "그래, 취미는 뭐니?" 그러자, 잠시 뒤에 그 아이가 대답하기를, "레고 하는 거예요." 했던 것이고, 이 얘기를 듣자, 아내는, 레고? 하면서 눈을 동그랗게 뜨는 것이었다.

미국에서 공부를 마친 아들은 결혼 후에도 미국에서 살아갈 것이고, 며느리 역시 미국에서 같이 살아갈 것이기 때문에, 둘만의 행복이라면 취미가 한겨울에 언 땅을 파는 것이든, 거실에 구름다리를 만드는 것이든 우리와 무슨 상관이 있겠냐마는 그 많은 취미들 가운데, 하필 레고라니? 어른이? 나도 좀 의아할 수밖에 없었는데, 우리는 모두 그 아이의 특이한 취미에 공감을 해주었다. 며느리 될 아이는 레고 블록으로 모형 만들기, 퍼즐 그림 맞추기 등 그 분야에서는 꽤 훌륭한 재주와 능력을 가지고 있었던 것이다.

1995년인가, 세계박람회가 열렸던 대전엑스포공원에서 내 아내는 시커먼 아스팔트 땅바닥을 향하여 번지점프를 했다. 나는 손사래를 쳤고, 아내는 아들과 함께 점프를 하였는데, 열 살쯤 된 아들이야 뭘 잘 모르는 터에, 남자라면 한번 해봐야 돼, 라는 강력한 엄마의 요청에 했다손 치더라도 아내는 당시 남자 성인도 머뭇거리는 고공 번지점프를 했으니, 지금의 고구려 장수가 될 것임은 그때부터 자명한 일이었다. 그런 시어머니에게 방안에 얌전히 앉아서 레고를 쌓거나 퍼즐을 맞추는 며느리라니, 번지점프 하는 시어머니와 레고 하는 며느리라니 …… 참으로 흥미로운 조합이 아닐 수 없었다.

이 세상은 그런 조합들로 이루어져 그렇게 빙빙 돌아간다. 묘한 조합일수록 본인들은 물론, 주변에서 보는 사람들까지 흥미진진하게 되어 손에 땀을 쥐게 만든다. 부부 사이, 고부 사이, 상사와 부하 사이 등 모든 인간사회와 조직의 구성이 그렇게 상이하고 판이한 모습으로 꾸려져 있다. 많은 나라들로 구성된 지구촌으로 확대해보면 얘기는 더욱 복잡해진다.

아무튼 나라든 개인이든 모든 톱니바퀴는 대체적으로 서로 간에 맞게끔 되어 있다. 엔간해서는 제 짝이 다 있는 법이다. 나는 그렇게 믿고 싶다. 그것이 크든 작든 이빨이 몇 개 빠졌든 좀 일그러졌든 이 지구상에는 나에게 맞는 것이 기어이 있지 않을까. 열심히 찾아보면 다 자기의 바퀴에 맞는 것을 찾을 수 있는 것이고, 그래도 정 찾을 수 없다면 자기의 바퀴를 조금 갈아내거나 상대방이 자기 것을 조금 갈아주면 되는 것이다.

도서관 단상

국립중앙도서관을 내 큰 서재라고 얘기한다면, 글 쓰는 사람으로서 변변한 서재 하나 갖추지 못한 사람의 눅눅한 자기위안이라고 생각할지 모르겠지만, 사실 나는 이 국립도서관을 그렇게 생각하는 데에 전혀 주저함이 없다. 그곳에 가면 동서고금의 많은 책들이 분야별로 잘 정돈되어 있어서 오는 사람들을 조용히 맞이하고 있다.

입장에 까다로운 제한이 없고, 책 보는데 불편함도 없다. 넓은 공간, 조용하고 쾌적한 분위기, 그리고 책장에 꽂혀있는 책들처럼 점잖고 조용한 사람들, 그리고 도서관 앞 넓은 잔디광장, 나무 벤치, 키 큰 나무들, 주변 마을의 산책로 등 책을 보고 생각하면서 좋은 시간을 보내기에 그곳처럼 좋은 곳은 없다.

언제부터인지는 모르겠지만, 디지털도서관이라고 해서 꾸며 놓은 넓은 공간은 IT시대에 맞게 자기 노트북을 가지고 가서 작업을 할 수 있도록 되어 있다. 모든 인프라가 잘 갖추어져 있는 것이다. 물론, 이렇게 되어 있는 곳이 꼭 국립도서관만은 아닐 것이다. 시립이나 구립 등 동네나 교회 도서관도 잘만 이용하면 훌륭한 나의 장소로 활용할 수 있다.

나는 노트북을 들고 다니며, 국립도서관에서 에세이도 쓰고 시도 쓰고, 인터넷 검색도 하고, 책도 찾아보며 시간을 보내곤 한다. 어느 적당한 곳에 자리를 잡고 앉아 있노라면, 많은 사람들 속에 있는 내 모습을 돌아보며 소중한 나의 존재를 새삼 느끼게 된다. 다양한 계층의 사람들, 각자 펼쳐든 책에 열중하거나 자기 노트북을 보며 열심히 작업 중인 모습 속에서, 그들의 흔들리지 않는 눈동자를 들여다보면서 삶을 향한 단단한 의지를 느끼게 된다. 그 모습 때문에 삶에 대한 내 의욕도 더욱 힘을 받게 되는 것이다.

이러한 힘은 혼자 있을 때보다도 여럿이 같이 있을 때 더욱 강해진다. 각자에게서 나오는 에너지가 서로 충돌하면서 배가의 힘을 얻게 되어, 더욱 큰 에너지로써 다시 모두에게 돌아가 더욱 큰 힘으로 각자를 독려하는 것이다. 그래서 예전에 혼자 집에서 공부가 안될 때에는 동네 근처 독서실이라도 가라고 했던 형들의 이야기가 떠오른다. 다른 사람들의 공부하는 모습, 어딘가에 열중하고 있는 모습을 보면서 자연스럽게 그 분위기에 흡수되어 나 스스로 마음을 가다듬을 수가 있기 때문일 것이다.

그 집의 분위기를 알아보려면 부엌에 가보라는 말이 있다. 이 말에는 그 집의 안주인이 어떤 사람인지를 알 수 있기 때문이기도 하겠지만, 부엌을 보면 그 집 전체의 가풍이나 집안 분위기를 가늠해 볼 수 있기 때문일 것이다. 부엌이라는 공간이 요즈음과는 많이 다르지만, 그 상징하는 바는 똑같지 않겠는가.

그것처럼 나는 한 국가의 분위기를 보려면, 그 나라에 있는 도서관의 상태를 보라고 하고 싶다. 시설도 중요하고, 보유 서적도 중요하고, 몇 권이나 있는지도 중요하고, 위치도 중요하겠지만, 더 중요한 것은 실제적으로 그 도서관을 이용하고 있는 사람들의 수가 아닐까 한다. 이는 남녀노소에 관계없이, 다양한 계층의 많은 사람들이 이용하는 도서관이야말로 그 국가의 잠재적인 힘의 하나가 되기 때문이다.

오늘도 나는 도서관에 앉아서 책을 본다. 동서고금의 수많은 영웅들을, 또 조용히 사라져간 많은 선인들을 만나고 그들의 희로애락을 느끼며 나를 돌아본다. 인간의 역사를 읽으며, 우리 삶의 미래를 생각해본다. 우리보다 먼저 길을 떠나간 우리의 선배들이 여기에 다 모여 있기 때문에, 이곳은 그야말로 우리 인생의 정거장인 것이다. 힘들면 잠시 쉬는 곳이고, 충전하여 다시 길을 떠나야 하는 곳이다.

내 옆에 앉아 있는 젊은이여! 이 책 속에 등장하는 인물이 바로 당신이었음을 잊지 말게. 위대한 힘과 생각으로 자신의 꿈을 펼쳤던 영웅호걸이나, 많은 사람들의 영혼에 생기를 불어넣어주고 용기를 북돋워주었던 예술가나, 많은 사람들의 목숨을 구하여 그 삶을 즐겁게 이어가게 해주었던 의사나, 풍요로운 삶을 살게 해주었던 과학자나 모두 당신 같은 사람들이었다네.

우리, 25도 소주 한 잔 하십시다

　25도 에틸알코올 음료수, 한국 사람들의 대중 술인 소주이다. 요즈음은 십여 도짜리 소주가 대세인데, 굳이 25도짜리 소주를 지적한 이유는 옛날 소주의 알코올 도수는 25도 한가지였고, 그것을 마시고 살던 사람들의 노고가 우리 대중 삶의 역사에 가장 많은 기여를 했으며, 그만큼 그들의 애환이 거기에 깃들어 있기 때문이라고 생각해서이다.

　두꺼비가 그려져 있는 '진로'라는 브랜드가 당시의 대표적인 한국의 소주였다. '삼학'이라는 것도 있었다. 그 소주들은 요즈음 것에 비하여 도수가 높아서 마실 때에는 맨 알코올을 그대로 들이키는 것처럼 맛이 쓰고 독하여 처음 술을 배우는 젊은이들은 온갖 인상을 다 써가며 마셨다. 요즈음 젊은 사람들이라면 옛날에 어떻게 이렇게 독한 술을 항상 마셨느냐고 혀를 내두를 것이다. 술에 취한 사람들의 입에서는 맨 알코올 냄새가 그대로 풀풀 날 정도였고, 그런 소주는 한 두병으로도 사람을 넉넉히 취하게 만들었던 것이다.

우리 아버지도 그런 시대의 소주애주가였다. 당시 대부분의
가장들은 거의 매일 술을 먹었는데, 이러한 소주, 아니면 요즈
음보다는 훨씬 진한 막걸리였다. 물론, 맥주도 있었고, 정종도
있었고, 소주보다 더 독한 소위 배갈이라는 것도 있었지만, 역
시 소주가 여러 가지 면에서 가장 부담이 없는 서민 대중의 술
이었다. 지금과 마찬가지였다.

온갖 공장이 다 망해도 소주공장만큼은 절대 망하지 않을
것이라고 장담할 만큼 당시 어른들은 술을 즐겼는데, 그 당시
먹고사는 삶이 팍팍하고 힘들어서 하루 일을 끝내고는 친구들
과 모여 나누는 소주 한잔이 피로회복과 스트레스 해소에 큰
힘이 되었던 것이 사실이다. 한 잔이 두 잔 되고 석 잔 되어 종
종 고주망태가 되는 아버지들 때문에 어머니들은 힘들었지만,
어쩔 수 없는 당시의 사회상이었다.

또 많은 어른들이 주사가 있었는데, 주사가 있는 사람은 여
러 가지로 힘들었다. 늦은 밤 귀가하여 술주정을 부리다 부부
싸움을 벌이기 일쑤였고, 아이들까지 잠도 못자고 곤욕을 치루
는 경우가 많았으니, 당시의 각 가정마다 있었던 이런 흔한 풍
경을 지금 어찌 설명을 해야 젊은 사람들이 이해할 수 있으랴.
아버지의 주사 때문에 아무 잘못도 없는 아이들이 자다가 팬티
바람으로 쫓겨난 적이 한두 번이 아니었으니, 돌이켜보는 과거

라 해도 결코 웃을 수만은 없는 일이었다.

그 밖에도 술 때문에 생긴 희비의 에피소드는 끝이 없을 것이다. 술 먹는 분위기(주종이라든가, 주량이라든가 음주 후의 벌어지는 행태라든가 하는 전체적인 것들)가 당시의 전반적인 사회상을 반영하는 것은 틀림이 없는 일, 아무래도 당시에는 즐거운 일보다는 힘들고 어려운 일이 많았기 때문에 음주 후의 분위기는, 표현을 하자면 양지보다는 음지쪽에 가까웠던 것이 사실이다.

그러나 소주를 기호품으로 삼아 진정으로 술을 사랑하고 아끼고 즐겨하던 많은 분들이 있었다. 문학가들만이 아니라, 음악가, 화가 등 많은 예술가들이 즐겨하던 술은 만취가 되어 정신이 혼미해진 속에서의 행보가 아니라, 자기 기호에 맞는 적정한 술 종류와 양을 통하여 상상의 기운을 얻고 창작에의 역량을 보탰던 것이다.

이미 언급한 바가 있는 소설가 황순원이 그랬고, 목월이 그랬고, 맥주애호가였던 무애 양주동이 그랬다. 그 밖에도 많은 시인, 소설가, 화가 그리고 음악가들이 술을 즐겨했다. 이 지면에 그 이름을 대충이라도 적어놓을 수가 없을 정도로 많다. 그러다가 병을 얻어 먼저 간 사람들도 숱하게 많다. 하기야 술 때문에 먼저 저 세상으로 간 사람이 어디 하나 둘인가. 우리 주변에 너무나 많다. 아무튼 우리는 술에 빠져 지내면 안 될 것이다.

그러나 오늘만큼은 독한 소주 한 잔 생각난다. 나뭇잎이 떨

어지고, 스산한 바람이 옷깃을 파고드는 이런 늦가을 저녁에는
친한 친구 두어 명과 함께 포장마차에 쪼그리고 앉아 구운 참
새와 함께 먹는 25도짜리 소주가 생각나는 것이다. 흔들리는
카바이드 불 아래라면 더욱 운치가 있을 것이고.

참새구이 먹기가 어려워진 요즈음에는 연탄불에 둘러앉아
그 소주에 닭똥집을 하나 구워먹어도 제격일 것이다. 송강 정철
의 장진주사(將進酒辭)라도 한 구절 읊고 싶은 밤이다.

마음의 병, 육체의 병

생로병사란 생명을 가지고 있는 모든 것들이 겪어야 하는 삶에서 죽음으로 가는 일련의 과정이다. 이는 아주 엄연하고 냉혹한 현실이요, 자연의 섭리이다. 앞으로 아무리 과학이 발달하고 의학이 천지개벽을 해도 이것은 영원히 불변할 것이라고 한다면 미래의 이 분야 연구자들을 미리 무시하는 생각일지도 모르겠다. 하기야, 인간이 달에 다녀오기 전까지는 누가 그런 상상이나 했겠는가마는.

인간뿐만 아니라, 아주 작은 곤충 한 마리도 생로병사의 길을 걸어가지 않을까. 모든 생물이 사는 동안 상위 포식자에게 잡혀먹지 않는다면 분명히 그랬을 것이며, 그러고 있을 것이다. 나는 종종 작은 메뚜기 한 마리가 알에서 깨어나서 여기저기 들판을 뛰어다니다가 늙어서 힘들어하고 병이 들어 어느 한 곳에서 죽음을 맞이하는 모습을 상상해본다. 아무튼 그들만의 병을 앓았을 것이고, 그것으로 그렇게 죽었을 것이다. 천수를 누린 이런 메뚜기는 매우 행복한 메뚜기일 것이다.

생로(生老)나 사(死)의 과정은 사실 그렇게 힘들거나 어려운 과정은 아니다. 병(病)의 과정만이 자신을, 그리고 주변을 안타깝게 하고, 마음 아프게 한다. 때로는 그것으로 인해 많은 고통에 처해지기도 한다. 우리 삶이 모두 생로사로만 되어 있다면 우리는 행복할 것이다.

그렇지 않기에 우리는 이 병의 과정을 잘 지내야 할 필요가 있다. 살다가 병을 얻어 결국 병으로 죽는다는 것은 참으로 우울하고 쓸쓸한 이야기가 아닐 수 없다. 여기에서 그 병이란 대부분 육체의 병을 뜻할 것이다. 물론 마음의 병, 정신의 병도 사람을 죽음에 이르게 한다. 당연한 이야기이다. 정신과 육체의 모든 병은 시간의 깊은 곳에 이르면 죽음으로 연결되고 만다.

일생을 살면서 우리는 얼마나 많은 병들을 만나고 헤어지고, 또 만나 힘들어하는가. 죽기 전에 잘 헤아려보면 내가 만났던 병들은 아마 백여 가지는 족히 넘을 것이다. 기어이 나를 거꾸러뜨리고 마는 이러한 병 앞에서 우리는 어떻게 하여야 하는가, 반항해야 하는가, 그저 겸손해야 하는가. 언제나 속수무책이어야 하는가. 왜 모든 생물은 병이라는 것을 앓아야만 하는가. 완전한 면역이란 결코 없는 것인가.

어렸을 적에는 감기를 한번 앓고 나면 오히려 몸이 가뿐해지는 것을 느꼈다. 다행히 더 심해지지 않고, 한바탕 끙끙 앓다가 낫게 되면 얼굴은 창백해지고 몸은 핼쑥해졌지만 이상하게도 몸과 마음은 가벼워졌다. 무엇인가 나 스스로 더 성장한 것 같았고, 조금 더 어른스러워진 것 같은 생각이 들기도 했다. 우리는 병을 한 번씩 앓고 나면 부쩍 변한 나의 모습을 발견하곤 한다. 그것이 어른스러워진 것이건, 몸과 마음이 피폐해져서 그렇게 된 것이건, 그 변한 나의 모습에 우리는 놀라지 않을 수가 없다.

적당한 시기에 적당한 병을 앓는 것은 우리의 성장과정에 도움이 될 수 있다. 아니, 적절한 시기에 적절한 시간의 병을 앓고 넘어가야 성장과 성숙의 모습으로 변모해 갈 것이다. 특히, 정신적인 성장은 더욱 그럴 것 같다.

언론인이요, 문학평론가인 이어령은 오래전에 쓴 에세이집 『하나의 나뭇잎이 흔들릴 때』에 실린 〈겨울이야기〉에서, 추운 겨울날 헛기침을 하며 포근한 이불 속에 누워, "아, 나는 지금 아픈 것이다"라고 생각하고 있는 자신의 어렸을 적 모습을 기억해낸다. 그것은 꾀병 같기도 하고, 진짜 같기도 했다고 그는 회상했다. 겨울 감기 몸살이었다.

그 병이 다 나았을 때 그는, "병은 내가 혼자라는 것을 가르쳐 준다. 이 아픔은 누구도 대신해 줄 수는 없을 것이다. 그리고 그 아픔은 외부와 나를 끊어놓는다. 병은 많은 것을 가르쳐 준다. 본질적으로 생명을 느끼게 한다 (중략) 그리고 우리는 겨울

감기를 앓으며 어른이 되어갔던 것이다"라고 하면서 생명과 아픔과 근심과 사랑과 비밀이라는 것이 우리의 삶에 있다는 것을 알았다고 말했다. 바로 세상이라는 것을 알고, 어른만이 아는 이러한 일들을 알게 된 것은 길고 긴 겨울을 나며 겪었던 병 때문이 아니었을까. 병으로 인한 속앓이 때문이 아니었을까.

인간의 성숙조건에 병이라는 것이 필수라는 얘기는 결코 아니다. 병이란 우리가 일생을 살면서 반드시 찾아오고, 물러가고 하는 것이니만큼 어떻게 되었든 이왕이면 그렇게 생각하자는 뜻도 아니다. 단지 살아가는 과정에 만나게 되는 내 병에 대하여, 그 투병과 치유의 과정을 통하여 보다 성숙되어져 가는 나의 모습을 바라보며, 정신적으로 육체적으로 더욱 건강해져서 내 삶을 한번 깊이 생각해 보자는 뜻이다. 그때가 나의 내면세계를 냉엄하게 들여다보기 가장 조용한 시간일 수도 있기 때문이다.

병은 우리 삶에 있어서 적당한 시기에, 적당한 횟수로, 적당한 수준의 모습으로 다가온다. 그 사실을 미리 알고 있는 것이 좋다. 다만, 그 병이 치명적인 것이 아니었으면 좋겠다. 완전한 면역이라는 것이 결코 없는 것이라면, 그래서 이왕 앓을 병이라면, 죽지 않을 만큼만 깊이 앓고, 너무 오래 가지 않고 잘 나았으면 좋겠다. 그 병을 통하여 내 삶의 저 바닥 깊은 곳까지 한번 내려가 보고, 다시 올라와서 보다 건강하고 성숙한 모습으로 살아가고 싶다.

진정한 행복을 주는 나의 도전

한비야는 지구를 세 바퀴 반이나 걸어 다녔다. 바람의 딸이라는 별명이 딱 어울린다. 이렇게 해낸 것에 대하여 본인은 운도 많고, 복도 많다고 했다. 맞는 말이다. 거기에 하나를 더 붙이자면, 본인의 강력한 도전정신과 샘솟는 의욕일 것이다. 아마 그것이 가장 중요한 동력이 되지 않았을까. 이와 함께, 그 일들은 그가 하고 싶었던 바로 그런 일들이었다.

하고 싶은 일을 한다는 것처럼 즐겁고, 기분 좋은 일은 없다. 그러나 우리는 인생을 살아가면서 내가 하고 싶어 하는 일들만을 하며 살 수는 없다. 고귀한 일이건, 비천한 일이건, 좋은 일이건, 그렇지 않건 누구나 자기가 하고 싶은 일들이 있기 마련이지만, 먹고 살아야 하는 일에 그것이 꼭 그렇게 들어맞을 수는 없다. 나를 가만히 들여다보면, 특히, 나는 하고 싶지 않은 일들만을 골라서 하며 살아온 것 같다는 생각이 든다.

어쩌면 그리도 하고 싶은 일들을 잘 피해갔는지…… 학창시절에 공부가 그랬고(공부라는 것은 누구나 다 하고 싶지 않았을 것이라고 나를 위로하지만), 군대에서는 보직이 그랬고, 수십 년을 일한 직장에서는(물론 선택한 직장도 그랬지만), 맡은 업무도 그랬다. 결혼도, 물론 하고 싶어 했지만, 지금 입장에서 보면 그렇게 남들처럼 행복하지 않은 것 같아 그것도 좀 그런 쪽이다. 그렇다고 내가 하고 싶은 일만을 해왔다면 과연 나는 행복할 것인가. 한비야처럼 그렇게 무한한 에너지를 방출하면서 자신을 다 독여가며 바람의 딸처럼 살아갔을 것인가. 그것 역시 자신 없는 얘기이다.

하고 싶은 일을 하면서 사는 사람은 이 세상에 얼마나 될까. 삶의 터전에서 매일 매일 신나게 떠들며, 즐겁게 살아가는 사람은 과연 얼마나 될까. 대부분의 사람들이 별로 하고 싶지도 않은 일을 하며 살아가고 있는 게 이 지구촌의 실제적인 모습이 아닌가 하는 생각이 든다. 결코 하고 싶지 않은, 또는 딱 질색하는 일을 어쩔 수 없이 하여야 하는 그런 상황에 직면하게 되는 경우도 꽤 많을 것이다. 그러나 그것이 내가 살아가는데 꼭 해야 하는 일이라면, 그것을 불우하다고 얘기하기 전에, 생각을 바꿔 이것은 내가 할 수 있는 즐거운 일이라고 나를 다독거려야 할 필요가 있다. 그러나 쉬운 일은 아니다.

옷에 내 몸을 맞출 수는 없다. 그러나 별 대안이 없을 경우,

최대한의 노력을 하는 수밖에 없다. 대부분 사람들이 하고 싶은 일이란 거의 비슷하여 기회나 자리가 거의 안 나오는 법이다. 또 누구나 그 일을 할 수 있다면, 그것은 이제 내가 하고 싶지 않은 일로 바뀌어 버릴 수도 있다. 그렇다면 역시 뾰족한 방법은 없다. 하고 싶지 않은 일을 하고 있는 나를 계속 달래며 타이르는 수밖에. 그렇게 해서 일을 해나갈 수밖에.

한비야의 글에서 보면, 그가 오지 곳곳을 돌아다닐 때, 많은 생명의 위험을 느꼈다고 했다. 생소한 질병으로, 신변의 위험으로, 전쟁지역에서는 총살의 위험까지도 느꼈던 그 절박했던 순간에 아마 그는 분명 이 힘든 여행, 다 때려치우고, 가족들이 있는 안전한 고국으로 돌아가고 싶었던 마음이 간절했을 것이다. 그러나 그는 그런 우여곡절을 내가 하고 싶었던 일 중 하나로, 겪고 넘어서야 하는 하나의 즐거운 과정으로 인식하고 생각을 바꿔 먹었다. 결국 그 위험했던 순간순간도 모두 그가 겪고 싶었던 것들이 되고 만 것이다.

지금 내가 하고 싶지 않은 일을, 하고 싶었던 일로 바꾸어 생각하는 것처럼 어려운 일이 어디 있으랴. 만약 그게 가능하다면, 이것은 현실을 직시한 나의 안목에서 진정한 행복을 찾겠다는 나의 용기와 도전정신을 바탕으로 발현되는 것임에 틀림없다. 그러나 나는 이같이 말하면서도, 정작 나에 대해서는 자신이 없다.

한비야는 하고 싶은 일을 해야 용기가 나고, 어떤 일을 하고 싶고, 해야겠다는 간절함이 있을 때, 그 일을 할 수 있다는 것을 6년간의 긴 여행을 통해서 얻었다고 한다. 소중한 체험이 아닐 수 없다.

그렇지만 상황은 많이 다를 수 있고, 현실이라는 것은 그렇게 녹록하지만은 않다. 물론, 우리는 살면서 하고 싶지 않은 일을, 하고 싶은 일로 생각하여야 하는 괴로움을 느낄 필요도 있고, 그 일에 간절함을 가질 때에 그 괴로움은 보람과 기쁨으로 바뀔 수 있는 것이라고 생각할 필요도 있다. 그것은 나만의 어려운 문제는 아니다. 대부분의 사람들이 직면하고 있는 삶의 현실적 문제인 것이다. 생각의 전환이 많이 필요한 시대에 우리는 살고 있음을 깊이 인식하여야 할 것으로 보인다.

우리는 지금 내가 하고 있는 일에 미래에 대한 희망과 긍정적인 꿈을 가져야 한다. 그래서 꿈꾸는 사람은 아름답다고 한 그의 얘기가 어느 때보다도 무게 있게 다가온다.

나는 앞으로도 이렇게 살고 싶다

발을 땅에 끌며 왔다. 달빛 환하지 못한 길을 천천히 걸어서, 바람도 어디론가 가버린 길을 오늘도 무겁게 걸어왔다. 아파트 입구에 늘어선 나무들이 보인다. 늘어진 나뭇가지들이 삶의 무게를 견디지 못한 것처럼 힘들어 하고, 흔들림조차 없는 것은 마치 모든 것을 포기한 것처럼 느껴진다.

삶의 보람이란 내가 만들어 담거나 어떤 것을 주워 담는가에 달려 있다는 것은 누가 얘기를 안 해주어도 나 스스로 알만큼 살아왔다. 그러나 성숙할 만큼 성숙했다는 그런 생각도 사람과 일속에 파묻히고 나면 한없이 철없어 보일 때가 많다. 늘어진 나뭇가지를 보고도 흥에 겨워서인지, 고통에 겨워서인지 사람마다 다르게 생각할 것이고, 그렇다고 이것으로 그 사람이 긍정적인지, 아닌지를 판단할 수는 없지만, 나는 따뜻하고 긍정적인 사람이 되고 싶다.

그것이 정답인 것 같아 열심히 쫓다 보면 그저 유사한 답 중

하나였고, 종종 완전한 오답이었음을 알게 된다. 쫓아가다 보면 어느새 주변 환경이 바뀐 탓도 있고, 애초에 잘못 판단했던 부분도 있었을 것이다. 아예 그 문제에는 정답이라는 것이 없었는데, 우리는 그것을 처음부터 모르고 있을 수도 있다. 어쩌면 어제의 정답이 오늘은 오답으로 바뀌어 버리고 마는 그런 시대에 들어와 살고 있는지도 모른다.

태양이 눈물이요, 달이 웃음이라고 얘기한들 누가 잘못되었다고 지적할 것인가. 어둠도 즐거움이 되고 기쁨이 될 수 있다. 그런데 오늘은 어둠이 슬픈 장막 같다. 그 장막 밑으로 나는 무거운 발을 끌며 집으로 가고 있다.

오늘 무엇 때문에 마음이 무겁고 우울한지 알 수가 없다. 오늘 하루 그럴 만한 특별한 일이 없었기 때문이다. 일주일 전, 한 달 전을 돌이켜 보아도 그렇게 슬픈 일은 없었다. 그렇다고 그렇게 즐겁고 행복했던 일도 없었다. 평범한 것이 가장 행복한 것이라고 믿고 살아온 나에게 오늘은 그 평범이 나를 은근히 힘들게 하고 있는지도 모른다. 삶이란 노상 들떠 있을 수는 없겠지만, 큰 이유 없이 처지는 것도 문제가 될 수 있다. 도시의 삶이란 이런 대중 속의 쓸쓸함인가. 오늘은 유난히 어두워서 피곤한 것인가.

내가 나를 침몰시키거나 실망시킬 수는 없다. 평형수를 적절히 채워서 중심을 잘 잡고 항해하는 배처럼 이리저리 휩쓸릴 때마다 스스로의 복원력으로 잘 버티려고 애쓰고 있는 나를 내가 상당한 이유도 없이 배반해 버릴 수는 없다. 스스로 격려는 못할망정, 오늘이 우울하다고, 이것 때문에 나를 슬프게 만들 수는 없는 일이다. 저렴한 감상주의나 불필요한 자기 연민에 빠져드는 것처럼 바보스러울 수는 없다. 그럴 아무 이유도 없다. 그런 데에도 오늘밤은 서 있는 나무도 쓸쓸해 보이고, 늘어진 나뭇가지도 침울해 보인다.

집으로 가는 방향을 틀어 컴컴한 공원 벤치에 앉는다. 고독과 외로움을 구분하지 못한다고 해서 무엇이 문제가 될 것인가. 혼자 있는 즐거움이나 혼자 있는 고통은 물과 기름처럼 구분되기도 하지만, 소주나 맥주처럼 자주 뒤섞이어 한꺼번에 찾아오기도 하는 것이다.

밤이 늦었는데 아직 돌아가지 못한 새가 나뭇가지 위에 앉아 있다. 일체의 미동도 없다. 그러나 나를 보고 있음에 틀림없다. 나는 새를 쳐다보고, 새는 나를 보고 있다. 우리는 서로를 바라보고 있다. 생물들의 만남도 이렇게 조용할 때가 있다. 서로의 생각은 달라도 내 앞에 무언가가 있다는 것은 서로에게 안심을 주거나, 아니면 불안을 주거나 할 것이다. 오늘 이 새는 나에게 안심을 주고 있다. 내가 그렇게 느끼는 것처럼 저 새도 그렇게 느꼈으면 좋겠다.

생활에 지친 것들은 꼭 저렇게 어둠을 찾고, 구석진 그늘 속에 몸을 두려 한다. 남들 다 자는 밤에 혼자 일어나 인생을 생각하고, 내일을 생각한다. 그렇다고 뚜렷이 더 나아지는 것은 없지만, 잠들기에는 뭔가가 많이 허전하다. 그렇게 있다 보면 한쪽 벽에 비춰진 나의 일그러진 모습에서 무엇인지는 잘 알 수 없는 아쉬움과 미련 같은 것을 보게 된다.

잠들어 있어야 할 시간에, 아예 귀가조차 하지 않은 것들은 생활에 너무 지친 탓일까. 새나 들쥐나 고양이나 다 돌아갈 자기 집이 있을 것인데…… 돌아갈 곳으로 가지 않고 있는 것들은 몸이 지친 것이 아니라, 정신이 지친 탓일 게다. 사람이 지치게 되면 막연히 무엇인가를 기다리게 된다. 아무 올 것이 없는 데도, 아무런 약속이 없는 데도 그저 내일을 기다리는 것이다. 사람의 인생은 칠할을 기다림으로 보내고 만다.

돈을 벌고 쓰고, 어디를 가고 오고, 누구를 만나고 헤어지고, 병이 들고, 살고 죽고…… 모든 일들이 사실 온통 기다림뿐이다. 그렇게 기다리다가 만나고, 무엇이 되고 안 되고 하는 것이다. 그래서 어느 시인은 살아간다는 것은 외로움을 견디는 일인데, 공연히 오지 않는 전화를 기다리지 말라고 했던 것인가.

막연히 기다리는 것, 그러나 무엇을 기다리는지조차 모르고 살아가는 것이 우리의 삶인 것인가. 나는 앞으로도 이렇게 살 것이지만, 외로움은 잘 견뎌내야 할 나의 숙제이다. 그 맞은편에는 어떻든 미래의 기다림이라는 것이 나를 지탱해 줄 것이고, 살다보면 새로운 소망도, 거기로 향한 내 의욕도 분명히 있을 것이다. 매일 밤, 내 지친 영혼이 나뭇가지처럼 늘어진다 해도 나는 그것을 잘 다독거리고 달래가며, 이렇게 살고 싶다.

광장에서 별을 보다

최성철 지음
초판 1쇄 발행 2018년 12월 5일

펴낸이 김영조 | 펴낸곳 달팽이출판
등록 2002년 2월 28일 제 406-2011-000065호
주소 경기도 파주시 탄현면 사슴벌레로 45번지 206-205
전화 031-946-4409 팩스 031-946-8005
이메일 ecohills@hanmail.net
ISBN 978-89-90706-45-4 03810
©최성철 2018

이 도서의 국립중앙도서관 출판예정도서목록(CIP)은
서지정보유통지원시스템 홈페이지(http://seoji.nl.go.kr)와
국가자료종합목록시스템(http://www.nl.go.kr/kolisnet)에서 이용하실 수 있습니다.
(CIP제어번호 : CIP2018035960)